新　潮　文　庫

美徳のよろめき

三島由紀夫著

新　潮　社　版

1438

美徳のよろめき

第一節

いきなり慎しみのない話題からはじめることはどうかと思われるが、倉越《くらこし》夫人はまだ二十八歳でありながら、まことに官能の天賦《てんぷ》にめぐまれていた。非常に躾《しつけ》のきびしい、門地の高い家に育って、節子《せつこ》は探究心や理論や洒脱《しゃだつ》な会話や文学や、そういう官能の代りになるものと一切無縁であったので、ゆくゆくはただ素直にきまじめに、官能の海に漂うように宿命づけられていた、と云《い》ったほうがよい。こういう婦人に愛された男こそ仕合せである。

節子の実家の藤井家《ふじいけ》の人たちは、ウイットを持たない上品な一族であった。多忙な家長が留守がちで、女たちが優勢な一家では、笑い声はしじゅうさざめいているけれども、ウイットはますます稀薄《きはく》になる傾きがある。とりわけ上品な家庭であればそうである。節子は子供のころから、偽善というものに馴《な》らされて、それが悪いものであるとは夢にも思わぬようになっていたが、これは別段彼女の罪ではない。

しかし、音楽や服装の趣味については、節子はこんな環境のおかげで、まことに洗《せん》煉《れん》されていた。会話には機智《きち》が欠けていたが、やさしく乾いた、口の中ですばやく廻《かい》転《てん》するようなその会話の、一定のスピード、一定の言葉づかいをきけば、耳のある人なら、電話だけでも、節子の育ちのよさを察しただろう。それは成上り者がどんなに真似《まね》ようとしても真似られぬ、一定の階級の特徴を堅固にあらわしていた。

現代においては、何の野心も持たぬということだけで、すでに優雅と呼んでもよかろうから、節子は優雅であった。女にとって優雅であることは、立派に美の代用をなすものである。なぜなら男が憧《あこが》れるのは、裏長屋の美女よりも、それほど美しくなくても、優雅な女のほうであるから。

少女時代に二三憶《おも》う男もあったのに、節子は親の決めた男と結婚した。良人《おっと》の倉越一郎は、世間の男のするような愛の手ほどきをしてやり、節子は忠実にそれを習った。男の児《こ》も一人出来た。

しかし何か不十分なものがあった。もしこんな手ほどきがなかったなら、節子は川のむこうのことなど考えもしなかったろうに、このおかげで川岸まで連れて来られて、それからは川むこうの草のそよぎに目を奪われるようになった。しかるに良人はこちらの川岸で、長々と寝そべって、そんな年でもないのに午睡をはじめた。結婚後三年もたつと、夫婦のいとなみは間遠になった。

節子は時折、結婚前に良人以外の男と唯《ただ》一度したことのある接吻《せっぷん》を思い出した。それは避暑地で知り合いになった土屋という同い年の青年であった。この接吻は必ずしも遊戯的なものとは云えなかったまでも、大そうお粗末なもので、節子はあわてふためいた男の乾いた唇《くちびる》の、ほんの一触をおぼえているにすぎなかった。良人から教わった接吻は、これに比べれば、はるかに多岐にわたっていた。

あの青年の接吻が、只《ただ》一度であり、ほんの一瞬であり、しかも拙劣であったことが、節子の記憶の裡《うち》にかえってその重要性を高めたのである。節子は何か退屈な折に、良人から教わった多岐な接吻を、ひとつひとつ土屋の上に応用してみる空想にとらわれ、そのたびにぞっとして身を退《ひ》いた。これは決して恋ではなかった。あのときの私が今の私だったら、もっといろいろと教えてあげることもできたろうに、と節子は、忠実な生徒が、時たま教師になり変る空想をはぐくんでいたにすぎない。

節子は堅固な道徳観念を持っていたが、空想上の事柄《ことがら》については寛容であったというほかはない。この躾のよい女の羞恥心《しゅうちしん》は、そもそも躾としてしか働らかなかったので、どんな夢を見ても、恥かしい気持にはならなかった。自分ひとりで見る夢を、誰《だれ》に見られる心配があろう！

その土屋には、節子は結婚後も、たびたび偶然に顔を合わせた。舞踏会で会う事がある。町のレストランや、お茶を喫《の》む店で会う事がある。ホテルのロビイや駅の待合室などでぱったり顔を合わす事がある。

いつでも土屋は思い悩んだような顔つきで節子をじっと眺《なが》め、短かいぎこちない会話を交わすだけである。瘦《や》せて引き締ったその体つき、いくぶん蒼《あお》ざめたその顔いろ、そしていかにも抒情的《じょじょう》なその唇、……土屋は二十歳のころと少しも変らない。身ぎれいで、少し崩れたお洒落《しゃれ》を好み、何かにおびえているような消極的な風情《ふぜい》があって、節子はこの男が、一体何が面白《おもしろ》くって生きているのかよくわからない。いつまでもこの青年がどこかでちゃんと生きており、自分もこちらで生きているということがふしぎに思われる。

尤《もっと》もこういうことすべては、土屋がずっと節子のことを忘れかねていると考えれば辻褄《つじつま》が合う。節子もそう思ってもよいが、そう思えば思うで、又辻褄が合いすぎる。ホテルのロビイ、喫茶店、飛行場の待合室、時には思いがけないひっそりした町角、こんなところでの偶然の出会いと二三分の立話のあいだ、節子はしらぬ間に、土屋の唇をちらりと見ている。その唇は節子の丁度目の高さに在る。冬に逢《あ》ったときにはひび割れている。夏に逢ったときには乾いている。節子の知っているのは夏の唇である。節子は二人の個体が、あるとき、唇の軽い接触だけで触れ合って、その後、何事もなくお互いに離れ離れに生きているということに、それほど残り惜しさを感じているわけではない。それは何か詩人でない人の上にも一度は来る、詩的体験のようなものである。

偶然土屋と会った日には、家へかえって、一人息子の幼ない菊夫の唇に、ちらりと接吻するのが、節子の毎度の記念の行事になった。少女のころから、節子は痩せぎすな少年が好きだった。菊夫もそういう、すらりとした身の軽い少年に成長するようにと節子は祈った。

節子の女の友達は数多く、機智には乏しいけれども可愛《かわい》らしいその人柄はみんなに好かれた。友達はそれぞれ結婚していたが、恋の事件はほうぼうで起っており、節子は忠実な聴き役になった。それらの話で聞く男たちは、刺客のようにほうぼうの街角に身をひそめ、怠りなく隙《すき》を狙《ねら》っていた。しかし節子は、現実にはその種の男を見たことがなかった。

だから節子の好みを訊《き》かれると、月並ながら、幾人かの俳優の名で答えた。節子の好みはまったく官能的なものであった。男はただ荒々しくない美しい顔と、しなやかな体軀《たいく》を持っていればよかった。そして何よりも若さと。

男の野心や、仕事の情熱や、精神的知的優越や、そういうものには節子は何らの関心がなかった。あふれるばかりの精力を事業や理想の実現に向けている肥《ふと》った醜い男などは何という滑稽《こっけい》な代物《しろもの》であろう。みすぼらしい風采《ふうさい》の世界的学者などは何という珍物であろう。仕事に熱中している男は美しく見えるとよく云われるが、もともと美しくもない男が仕事に熱中したって何になるだろう。女の目から見た世界を厳格に信じている節子は、そこらのありふれた知的な女のように、男の側の判断で迷わされたりすることが決してなかった。

節子が無意識に抱いている階級的偏見と、こういう判断との折れ合うのは微妙な地点である。彼女は野性を尊敬していなかった。男を魅力あらしめるには、金のかかるお洒落と、一定の育ちから生ずる一定の言葉遣いとが必要だと思っていたのである。

ある日彼女は友だちのあけすけな夫人が、数人の同性の友の前で、世にも天真爛漫《らんまん》な調子で、或《あ》る発見を報告するのをきいた。

「あたくし、黒子《ほくろ》を発見したのよ。それも大きな黒子を。生れて三十年ものあいだ、自分でちっとも知らなかった黒子を」

夫人は大声でそう言った。ある晩、良人の旅行の留守に、ふとした気まぐれで、彼女は手鏡に映して詳《つぶ》さに調べ、襞《ひだ》のあいだにひっそりと眠っている、黒い木苺《きいちご》のようなそれを発見したのである。

しかし夫人はこんな慎しみのない話を、たちまち人生的教訓へ持って行った。

「だから自分を知ってるなんて己惚《うぬぼ》れちゃだめよ。三十年自分と附合《つきあ》っていても、まだ知らない黒子が出て来たりするんだから」

節子はその晩、ぐっすり眠っている良人のかたわらで夫人のこの話を思い出して、顔を赤くした。私の知らない黒子は一体どこに隠れているのかしらん。

良人が眠ったあとでは却《かえ》って目がさえ、節子の夢想に遊ぶ時間がそれからはじまるが、それが昂《こう》じて良人を揺り起そうとして二三度拒まれてからは、決して揺り起すことがなかった。目をさました良人は、今では、きっと節子の夢想にとって邪魔物となるだろうと思われた。

節子は結婚前、海岸の散歩道で、ある男からふと肩に手を廻《まわ》されたときの彼の腕の重みだの、それを抓《つね》ったときの彼の上肘《うわひじ》の固い筋肉だのを思い出した。その男の顔はさだかに思い出されなかった。それほど稀薄な記憶であるのに、こんなことを思いめぐらすだけで、忽《たちま》ち何時間かが過ぎ去った。

そればかりではない。昼間、混《こ》んだ電車のなかで、見知らぬ男の肩に押されて、ふと節子は、この肩には見覚えがあると思うことがある。顔を見ると知らない人である。その肩が誰の肩に似ていたかもさだかではない。そんなとき、節子は、私って娼婦《しょうふ》みたいだわ、と多少の満足を以《もっ》て考えた。

菊夫は女中につれられて毎日幼稚園へゆき、友だちを引っぱって帰って来て、午後は子供部屋や戸外で遊んでいた。良人は時たま節子と外出する日以外は、通例夜の十二時、おそいときには一時まで帰らない。そういう仕事なのである。節子は嫉妬《しっと》を知らなかったので、永すぎる閑暇を埋める感情の持ち合せがなかった。

女の友だちとの附合をする他《ほか》はない。お茶に呼ぶ。呼ばれる。一緒に買物にゆく。芝居を見にゆく。映画を見にゆく。……とこうするうちに、節子は自分が異端者であることを知った。みんなを軽蔑《けいべつ》する気もなく、煩《わずら》わしくもないのに、節子とみんなの関心とはどこかずれている。節子は大人しく、愛らしく、何の野心も、過剰な教養も持たないのに、何となく自分だけは人とちがっていると感じるのである。おそらくこんな印象は節子の無智《むち》、乃至《ないし》は世間知らずから来ていたものにすぎなかった。彼女はほかの女たちも自分と同じように感じているということが理解できなかったのである。

こんな状態が、ある小さな事件で不意に崩れた。良人と一緒に行った舞踏会で、一曲節子と踊った土屋が、一寸《ちょっと》話があるから、明日の午後三時に、節子の家のちかくの駅のプラットフォームで待っている、と告げた。あくる日の午後三時、節子は約束の場所へ行かなかった。そして土屋が節子の家まで押しかけて来る勇気があるかどうかを試そうとして、家で永いこと待っていた。土屋は来ない。節子は土屋を蔑《さげす》んだ。そうして終日怒っているうちに、節子は自分が土屋に恋しているのを知った。

第二節

節子は「微妙な恋愛」などをしているのではなかった。そういうことには向かない女だった。さればとて、彼女のこんな人となりは、彼女の優雅と、少しも牴触《ていしょく》するものではない。

節子は道徳的な恋愛、空想上の恋愛をはじめようと思ったのである。いかなることがあろうとも、決して許さなければよいのだ。三日間というもの、ありたけの甘美な空想に酔って、やっと冷静になったところで、土屋に電話をかけた。わざわざ公衆電話を使ってかけた。

この間は所用が出来て約束を守れなかったこと、きょうなら暇だからお目にかかってもよいが、うしろめたいような逢引《あいびき》きならお断わりすること、まじめなお附合《つきあい》なら、男の方とでも一向構わないと良人《おっと》も言っていること、……節子は電話口で、一本調子の早口でこれだけ言った。言っているとき、しかしその胸はさわいでいた。

土屋は応じた。約束の場所で落ち合って、まず節子は落胆《らくたん》した。土屋の顔は、恋をしている男の顔ではなかった。

そればかりではない。土屋は又、ちゃんと表向きの用件を持っていた。土屋の妹が、節子たちのやっている身体障害者救済慈善バザーに出品したいという用件である。節子はむろん承知した。しかし土屋が照れかくしのために、こんな用事を拵《こしら》えてきたのであることを、節子は知っていた。

彼の頰《ほお》の剃《そ》り跡は大そう青かった。初冬のことで、彼は仕立のよい服に身を包んでいたが、アレキサンドリヤ石のカフス釦《ボタン》をつけたカフスからあらわれている手の甲の毛が、その腕の毛深さや、おそらく全身の毛深さについての、昔の夏の印象をよびおこし、節子はなぜ土屋について顕著なこの印象を永らく忘れていたのかと訝《いぶ》かった。今まで唇《くちびる》を除いてこの男の肉体は、彼女の意識に昇って来たことがなかったのである。

土屋はいつにかわらず、横柄《おうへい》かと思えば謙虚で、お尋ね者のようにおどおどしているところがあり、決して節子を正面から見なかった。そして言葉すくなに話し、節子のうけこたえが途切れると自分も黙った。黙っているときの彼の退屈そうな様子は誰《だれ》憚《はばか》らぬもので、それにはさすがの節子もすぐ気づいた。

しかし用心深い節子は、却《かえ》って安心して思うのであった。

『この人相手なら、私の道徳的な恋愛は巧《うま》く行きそうだわ』

節子のこういう仮定はまちがっていた。彼女は自分の倦怠《けんたい》から、また土屋に感じている魅力から、安全なものだけを引き出そうとしている。しかし安全を旨《むね》とするなら、恋愛でなくても、友情であってもいい筈《はず》である。

二人は来週の火曜日の午後に再び逢《あ》う約束をした。

節子はふしぎな考え方をした。この男は私の思っているほど私を愛していないという安心の仕方は、もし節子が本当に土屋に恋しているなら耐えがたい考えである筈なのに、却ってひそかな幸福を節子に運んだ。なぜなら、節子の考え方によると、このことは、土屋が彼女以外の女をも愛していないという証拠《しょうこ》に他《ほか》ならなかったからである。

男がまだ、眠っている状態にあることは、たしかに節子を幸福にした。性欲的な男、衝動的な男に対する嫌悪《けんお》が、いつのまにか彼女の中に根を張っていたのは、あのしじゅう眠っている良人の影響かもしれなかった。倦怠が女を、衝動のはげしい男へ追いやるという説は、常に妥当であるとは限らない。

節子の月経は毎月遅れ気味で、大そう長くつづいた。そのあいだには得体の知れぬ悲しみが来る。その期間はいわば真紅の喪である。

一人でいるとき、扉《とびら》に鍵《かぎ》をかけ、すっかり裸になって姿見を眺《なが》めていると、こんな悲しみも少し安らいだ。節子の体は決して豊満とは云えない。乳房は少し垂れていて、不平らな胸もとから、樹脂が流れて固まったように、小さな子供っぽい乳房が落ち、不機嫌に顔を背向《そむ》け合っている。もっとも美しいのはその脚である。上半身はたよりないのに、下半身には或《あ》る勁《つよ》さがある。日本人にはめずらしい長いまっすぐな脚で、煖《だん》炉《ろ》の火にちかく温たまったところは、いちめんに仄赤《ほのあか》い斑《ふ》がうすい皮膚の下にひしめいているようにみえる。素肌《すはだ》のときにも緊密な絹の靴下《くつした》を穿《は》いているように見え、靴下を穿いているときには素肌のように見えるのである。もし土屋が強《し》いて頼んだら、この脚にだけは接吻《せっぷん》させてやってもよいと節子は考える。

肩はやや骨があらわれ、胸廓《きょうかく》も決して広くはないが、肩の線がいかにもなだらかな勾配《こうばい》をえがいて美しい。節子の何よりのよろこびは、肌のかげりのない白さである。血管が透いて見える西洋人の白さとはちがって、ここには何か絶対の白さがある。どこもかしこも滑らかに潤《うるお》い、ほのかな光沢が影を消して、塵《ちり》もとどめないように見える。

……鏡の中のこの羞《はじ》らいのない姿に見とれているうちに、節子の悲しみは静まる。

悲しみは少量の血の流失と共に、彼女の感情が彼女の肉体をのがれて、さ迷いだしたことから起ったのである。これを癒《い》やすためには、自分の肉体との全き親和を取り戻《もど》せばいい。流失していた感情がよみがえり、肉体の中へ流れ戻り、肉体の中へ納められ、波瀾《はらん》は静まって、……幾分ものうげな、なまあたたかい、肉の円満な自足の状態が又はじまった。

どんな深夜の夢想のあいだにも、節子は土屋を、自分におそいかかり、自分に突き刺さって来るものとして思い描かなかった。ただ彼女のなめらかな自足した白い肌と、彼の引き締った毛深い肌とが、触れ合うことだけを夢みていた。それは乾燥した感覚であった。冬の深まってゆく日毎《ひごと》に、真夏の汗に濡《ぬ》れた肌を新しい厚手のタオルで拭《ふ》く、あの感覚を思い出すのに似た、無邪気な喚起にすぎなかった。

節子の空想力には限りがあった。良人がナイトテーブルの抽斗《ひきだし》に、買って来たときから久しく忘れて蔵《しま》い込んでいる数枚の絵や写真を見ても、醜いほどにゆがんだ恍惚《こうこつ》の表情が、節子には理解できなかった。絵空事だわ、それとも芝居をしているんだわ、と彼女は思った。

ああ、午後の何という長さであろう。午後、フレンチ窓のそばへ籐椅子《とういす》を持ち出して、節子は何時間彫像の真似《まね》をしていられるか試そうと思って、微動だにしないでいることがある。この試みは五分とはつづかない。しかしたとえ動いても、彫像は彼女の内部に在るかのようである。

短日の日光は、二時をすぎるともう退《しりぞ》きだした。胸のところまで来ていた日光が腹のほうへ退くにつれ、影になった胸はうすら寒くなる。それでも節子は椅子をずらそうとしない。黙って立っている彫像を、こうして潮《うしお》のように日光がさし引きする感覚は、どんなものだろうと試みているのである。外界に対する無抵抗、しかも外界を一歩も自分の内部へ寄せつけない、そのブロンズの感覚はどんなものであろうか、と。

第三節

来週の火曜日、その日が来てみると、節子は久々に、身じまいと化粧との、目的のある新鮮なたのしみに溺《おぼ》れた。下着に凝っていたので、絹の焦茶《こげちゃ》のスリップを着る。そのスリップのへりは、沈んだうすい冬空のような青で染めたレエスでふち取ってある。その上から薄茶のシース・ドレスを着る。常用の香水、ジャン・パトウのジョイをつける。

そうして土屋に会ってみると、土屋はいつに変らぬ顔をしている。感情の漸層《ぜんそう》的な変化が見られない。このお洒落《しゃれ》な青年の中には、節子を上廻《うわまわ》るほどの、よほど堅固な道徳観念が隠れているのであろうか？　それが忽《たちま》ち節子に反映するのか、土屋に会うと匆々《そうそう》、節子は自分で進んでこうして逢《あ》っておきながら、お説教口調になった。自分が妻として又母として縛られていることを、大いに力説しながら、一方、こんな自分の束縛の味方に立った。独り者の土屋を子供扱いにするためには、節子は十分、妻たり母たる自身を、強調する必要をみとめていた。

卒然と土屋が、子供の話はききたくない、と言い出した。良人《おっと》の話ならいいの？と節子はききかえした。土屋はいいと答えた。良人の話をきくときほど、彼がひそかにたのしんでいる様子を見せることはなかった。しかしその幸福な表情は節子の気に入らなかった。

節子は土屋を促すために、「今夜は十時までに帰らねばならぬ、それも十時が限度であって、少しでも早く帰らねばならぬ」と言った。この嘘《うそ》を本当らしく見せようとして、良人はどんなに遅くても十時半までには帰るのが習慣だと言った。のちのちこの嘘は、彼女の自縄自縛《じじょうじばく》になるのである。

土屋があまり良人の話を喜ぶので、今度は節子が、土屋の過去の女の話を訊《き》く番になった。彼はぽつりぽつりと、大へんな迂路《うろ》を辿《たど》って、その話に入った。しかし最初の女の名が出るか出ぬかに、節子の手は自分でも呆《あき》れるほどすみやかに動いて、いきなり土屋の唇《くちびる》をその指先で押えた。

土屋は少し顔を赤くして黙った。節子はおどろいていた。一体この指のすばやい動きは、土屋の口をとざすためであったのか、それともその唇に突然触れたくなったためであったのか。

町を歩くとき、土屋にはいたわりが欠けていると節子は思った。彼には他人の妻を連れて歩いているという意識がまるで見られなかった。もっと世間を憚《はばか》って、はらはらした気持になりたい節子には、これが物足りない。自分と同じ恐怖心を土屋に与えるにはどうしたらいいかと考えると、彼女は絶望を感じた。その実これは何でもないことなのであった。彼女はこの恐怖を愛していた。土屋もそれを察して、ただ趣味を同じくすればよかったのである。

町へ出ると忽ち暮れた。節子は土屋を強《し》いて、人通りの少ない暗い道ばかりを歩かせ、それを土屋が誤解しないように、いかに自分が世間を怖がらなければならないかを説明した。そのくせ先に腕を組もうとしたのは節子であった。

見覚えのある自家用車が目前をかすめるたびに、そこらの店から二三の客が談笑しながら出てくるたびに、節子は身を固くして、いそいで土屋の腕から自分の腕を外した。一軒のレストランの、人目につかぬ一隅《いちぐう》に腰を下ろしたとき、彼女はすでに多くの危難をくぐり抜けて来たような疲労を味わった。

節子は目の前に、何の意味もなく笑っている土屋の顔を見るのであった。それは彼女の臆病《おくびょう》を冷酷な少年のような表情で笑っていた。

「あなたって強いのね」

と節子は大判のメニューから目をあげて言った。そう言うと共に、彼女の臆病をつき放している客観的な土屋が、今度は却《かえ》って頼もしく思われだした。

少し酒が入って、食事が進むにつれて、土屋は露骨な冗談を言った。これは一見ぎこちない彼が、少年時代から持っている癖であった。彼の口にかかると、しかし猥《みだ》らな話も猥らでなくなった。年にも似合わず、冷たい口調でそういう話をすることに彼は馴《な》れていた。

二人の間には共通の知人が多かったが、節子が敬虔《けいけん》なクリスチャンだと思っていた夫人の、或《あ》る性的な奇癖の話も土屋は知っていた。ついに土屋が言い出すのであった。

「ちゃんと着物を着て御飯を喰《た》べるのって不味《まず》いな。僕は真裸で喰べるのが好きなんだ」

「二人で？」

「君って子供なんだね」

と土屋は偉そうに言った。

この一言《ひとこと》はかなりあとまで節子に影響を与えた。そんな情景は今までの彼女には想像も及ばぬ奇観であった。食事のたびごとに、良人との朝食の折にも、彼女はそれを思い出した。それはおそらく土屋が、他の放恣《ほうし》な友人からきいた受売りを、自分の体験のように吹聴《ふいちょう》しているにすぎないと思われた。嫉妬《しっと》を感じたのではない。その話に性的に惹《ひ》かれたというのでもない。ただ節子の躾《しつけ》が、無邪気に讃嘆《さんたん》の叫びをあげていた。何というすばらしいお行儀のわるさ！

……節子のほうが先に時間には気づいていた。しかるに土屋が、意気揚々と腕時計を見てこう言った。

「もう九時半ですよ」

節子は怨《うら》めしそうに土屋を見上げた。はじめから時間を切ったのは節子のほうであるから一言もない。だがその時間の到来を、節子のほうから言い出すつもりでいたのが先手を打たれて、唇を噛《か》んだのである。

土屋に送られてくるかえりの車の中で、彼の手は軽く節子の肩に廻されていたが、節子は身を固くしてすねていた。家のちかくには川ぞいの暗い散歩路《みち》がある。もし土屋が一旦《いったん》車を捨てて、家の近辺まで送ってくれたら、唇を許すまいものでもないが、あるいはそこで断わったら、土屋は怒るだろうかと考える。時間を自分から言い出した報いを、土屋は受けるべきだとも考えられる。

土屋は車を下りなかった。無精に車の中から握手の手をさしのべた。彼の車が遠ざかるのを、節子は決して見送るまいと思って、その通りにした。

家へかえってから、数時間のあいだ、どんなに良人のかえって来るのが待ち遠しかったろう。節子はじっと坐《すわ》って、あの土屋の一言、真裸でとる食事のことを考えていた。食卓はあるのだろうか。皿《さら》は自分の裸のお腹《なか》の上に置くのだろうか。その皿はさぞお腹の肌《はだ》に冷たかろう。突然、土屋の毛だらけな腕がのびて来て、節子の皿のものを鷲《わし》づかみにするような気がする。二人の口で両端から引きちぎって喰べる果物の味はどんなであろう。……

節子はそればかり考えている。するとこの純粋な官能の絵図面だけで満ち足りて来、土屋に対する恋心らしいものだの憎しみらしいものだのは、影もとどめぬほどに薄れて来る。人間が恋しいなどと思ったのは嘘だったのだ。何か小さな、一つの新鮮な幻影がほしかったのだ。

良人がいよいよ帰る。酒くさい息をしている。いつものように、もう半分瞼《まぶた》が下って眠りかけているのを見る。すると何であんなに待ち遠しく思ったのか、もはや見当がつかない。そこには酒に赤らんだ無益な、眠っている肉があるばかりだ。

部屋の片隅《かたすみ》の小さいベッドには菊夫が寝ていた。その夜節子は菊夫に接吻《せっぷん》しようとはしなかった。土屋との逢瀬《おうせ》にはもう偶然の要素がなくなっていたので、子供への接吻が俄《にわ》かに罪深いものになったから。

第四節

節子は自分の身分というものには、十分矜持《きょうじ》を持っていたが、自分の感情や思考については、誇大に考える傾きを持たず、それが節子の美質であった。今、自分の陥っている空虚、時には苦悩と名付けてもよいものに対しては、こうした恬淡《てんたん》さから、あんまり分析の必要を認めていなかった。彼女は心のどこかで、自分を人とちがうと思わせる苦悩の、凡庸な性格に気づいていた。それは心を刺す点において、時には剣呑《けんのん》であったが、云《い》ってみれば、酸素の稀薄《きはく》になった場所で人が苦しむような、彼女の存在感の稀薄が惹《ひ》き起す苦悩なのであった。

母親としての節子は投げやりな母親だった。幸い丈夫な子供で、病気の心配がなかったのにもよるが、もし神経質な子供であったら、母親の愛情のあまりの気紛《きまぐ》れさに、病気になってしまったことであろう。節子はあるときは喰《た》べてしまいたいほど可愛《かわい》がり、あるときは空気のように菊夫を見たのである。

ふつうの女だったら、あんな存在感の稀薄さを、子供への愛で濃くしようとは思わぬだろうか？　節子はそうではなかった。彼女が十分存在していると感じるには、何か詩のようなものが必要だった。詩の中でももっともエロティックな詩。観念の中でももっとも肉感に近いもの。男のように観念が肉感に移りゆくのではなくて、肉感がまさに観念に化して、肉の宝石のように耀《かが》やきだしたもの……。

節子は土屋とのその次のあいびきの約束は守るまいと思いはじめていた。健気《けなげ》にも土屋のあの無気力を、節子はこちらのせいのようにとっていた。と云って、こちらの魅力のなさのせいではなく、あくまでこちらの無気力のせいだという風に。

こんな恋の真似事《まねごと》はもうここで終ったような気がした。そして、これからは会わないということを宣言するために、やはり今度は会いにゆくべきだと思った。三十分も約束に遅れて行った。土屋は待たされたことで不機嫌《ふきげん》になっていた。会うなりすぐ、今夜は会合の約束があって八時までには遅くともそこへ行かねばならないが、あなたは少しでも早く帰りたいのだろうから、そのほうがあなたにとっても都合がよかろうと厭味《いやみ》を言った。これで節子は、先手を打たれて、自分のほうから別れを言い出すきっかけを失った。そしてこの次こそ逢引《あいびき》の約束を守らなければよいのだから、今の短かい最後の逢瀬《おうせ》をたのしめばよいのだという風に、心はやすやすと譲歩をした。

節子はもう少しで彼女を苦しめそうなところへ来ている目前の男の顔をつくづく眺《なが》めた。その引きしまった顔つき、その暗い目、髪の若々しい艶《つや》を節子は好いていた。たしかに土屋の外見は節子の好みに叶《かな》っていたが、むかしそう思わなかったのは、おそらく彼の成長が遅かったからなのだ。わけても土屋は、節子の恋の条件をなす、不得要領な異性の性質を持っていた。彼は大へん純潔で、そして狡《ずる》そうに見えた。彼が初心《うぶ》らしく口ごもって、内心何かを企《たく》らんでいるように見えるとき、いつも節子は、危うくその企らみをも愛してしまいそうになる。それから又、節子は彼の不機嫌な顔が好きだった。投げやりな話しぶり、急に上品になったり急にぞんざいになったりする話し方が好きだった。

もし恋だとすると、条件はこれだけ揃《そろ》っていた。ただ足りないのは嫉妬《しっと》だけだったと云えよう。これが最後の逢瀬であれば、こんなに揃った条件を心おきなく娯《たの》しめばよいわけだが、節子は又小きざみに心配事を考え出し、さっき八時の約束と云った土屋の言葉にとらわれはじめた。

夜の八時の会合というものがあるだろうか。そんな疑問を口に出しては言わなかったが、土屋と会っているあいだというもの、節子はたえずこの疑問を心にくりかえしていた。もしそれが、節子の遅参に怒って咄嗟《とっさ》に考え出された報復であって、心の和《なご》んだ土屋が修正を申し出て、今夜の会合に出るのはやめた、と言ったとしたら、節子ははじめからのその嘘《うそ》を恕《ゆる》すばかりか、もう一度逢瀬を重ねてもいいとさえ思っていた。しかしもし本当だったら……。

八時の刻限は忽《たちま》ち近づいた。嫉妬と思われない言《い》い廻《まわ》しの巧みさを、身につけていると信じていたので、

「それはお忙しいことはわかっていてよ」と節子は言った。「でも八時のお約束があれば、どっちみち、今日は八時までしかお会いしていられなかったわけだわ。それを言って下さる汐時《しおどき》があったと思うのよ。私が遅れて来て、怒っていらしたまぎれに仰《おっ》言《しゃ》るなんて」

彼女はもっぱら、自分の怒りをさえ巧みに利用する土屋の狡さを責めたつもりである。しかしこんな怨《うら》み言《ごと》は、一そう節子を不利にするものだった。土屋がやさしく言った。

「だって怒ったまぎれにしか言えなかったんだもの」

「でもよく咄嗟に、そんな好《よ》い汐時をお見つけになれるのね」

土屋はしばらく黙ってしまい、それから口の中で、今日の会合はちゃんとした仕事の大事な会合なのだから、と呟《つぶや》いていた。聴き咎《とが》めて、節子が又言った。

「あら、私、会のことなんか、ちっとも疑ったりしてやしないわ。私があなたの仰言ることを疑ったりするとお思いになって？」

こうまではっきり言い切った手前、節子が土屋を会合の場所の築地《つきじ》の料亭《りょうてい》の前まで送って来たとき、彼女は疑惑と好奇心を殺してまで、女中を呼んで会合の主催者を確かめさせてくれようとする土屋を制してかからなければならなかった。そんなことはどうでもよいのだと節子は力説した。

その代り、土屋が約束の時間を急げば急ぐほど、意味もなく彼の腕を引いて、料亭からなるたけ遠くへ歩いた。困《こう》じ果てた土屋に、とうとう節子が言うのであった。

「私、決心したの。もう決してお会いしないって」

土屋の弁疏《べんそ》は耳に快かった。彼は、そんなことは言わずに来週の同じ日、同じ時間、同じ場所で又会おう、今度は決して会合の約束などはしないと言った。節子は答えない。そしてものの十五分も男を引きずり廻したあげく、突然腕を離して、タクシーを止めて、意味ありげな別れの挨拶《あいさつ》と一緒に車に乗った。彼女は車の後窓から、街路の只中《ただなか》に茫然《ぼうぜん》と立っている土屋を見た。その姿の孤独さを節子は愛した。彼がもし、ただちに身をひるがえして会合の場所へ急いだとしたら、彼女はどんなに不幸だったであろう！

二三日たった或《あ》る日のことである。

節子と女の友達四五人で集まる恒例のお茶の会があった。土屋とあいびきをするようになってから節子がその会へ出たのははじめてである。それは退屈な会合であったが、土屋との数次のあいびきのおかげで、節子は自分が内心、そんな退屈、そんな沈滞を凌《しの》いだものを蔵しているような気がして、進んで出席する気持になった。

出てみると、いつもながらの噂話《うわさばなし》ばかりである。そのうちに一人の夫人の口から土屋の名が洩《も》れた。節子は鋭く聴耳《ききみみ》を立てた。土屋と或る映画女優との噂が出ていたのである。これは実に単純な噂話で、深い関係を暗示するほどのものではなかった。

節子が良人《おっと》に対してついぞ嫉妬を起さなかったのは前にも述べたとおりである。その結果、彼女の心には、嫉妬というものを育たせなくしてしまう頑固《がんこ》な組織が出来てしまったかのようだった。こんな噂話に聴耳は立てはしても、節子の胸はそれほど痛まなかった。われながらふしぎに思うくらい痛まなかった。

節子はその女優の映画を見たことはなかったけれども、雑誌の写真や記事で、その顔も、その海水着姿も、その履歴も、その生活上の意見も、その「理想の男性」も知っていた。その「理想の男性」たるや、甚《はなは》だ茫漠《ぼうばく》としていて、何の具体的な影像も結ばぬありきたりな言葉で語られていた。

ただ節子は持ち前の偏見から、女優という職業を蔑《さげす》んでいた。一人として服装の趣味のいい女はいないというのが、こんな軽蔑《けいべつ》の表向きの理由で、それというのも育ちが悪いからだ、と考えていた。節子は民衆の平均的な趣味というものを嫌悪《けんお》していたのである。

しかし咄嗟の間《ま》に、節子はその噂話に割って入り、咄嗟の間《ま》に、微妙な反作用で、いやにしっかりした語調で、その女優を褒《ほ》めた。服飾のこのみは悪いが、芸は大そう上って来ている、それに顔立ちも決して気品があるとは云えないが、好もしい顔立ちだと褒めた。

「あなた、あの人の映画を御覧になって？」

と一人の夫人が訊《き》いた。

「ええ、何度も」と節子は嘘をついた。

節子は家へかえってからも、自分の保ったこの公正な態度をたのしんでいた。どうしてそんなにたのしいのかわからない。……今日彼女は自分があらゆる偏見から自由であるように感じるのであった。あまつさえ恋からも。

第五節

いずれはそれを譲り渡さねばならぬ者の危険な兆候として、節子はこのごろ自分がまだ握り保留している権力を、日ましに明確に意識するようになっていた。万能と自由の感じが日毎《ひごと》に強くなっていた。すると、土屋との逢瀬《おうせ》を避けたり、もう会うまいと思ったりする気持は、みんな弱気に他《ほか》ならぬと思われてきた。逡巡《しゅんじゅん》にはみんな弱さを見た。そしてこれは一見実に理性的な処理と見えたことだが、土屋から遠ざかっていたいという気持こそ恋心に似すぎているように思われて、そんな弱気を心おきなく潰《つぶ》してしまった。

次の逢引《あいびき》はたのしく、幸福ですらあった。こうして二人は屢ゝ《しばしば》逢っていた。

土屋は泰然自若としていた。彼のロマンチックな外見には、恋をしている男の風情《ふぜい》があったので、彼はそのおかげで、何かしらん感情の義務を免《まぬ》がれているらしいところがあった。

彼がはじめて（正確に言えば九年前のそれを最初として、二度目に）、節子に接吻《せっぷん》したのは、節子が目論《もくろ》んでいたとおりの場所である。何度も重ねた逢引きの末に、家の近所まで送って来た土屋が、はじめて車を下りたのは、残念ながら節子が、

「酔っていらっしゃるのね。すこしお歩きにならない？」

とわざわざ口に出して誘ったからであった。その実土屋はそんなに酔っていなかった。

御主人と云《い》わずに、このごろ土屋は、節子の良人《おっと》のことを御亭主《ごていしゅ》と云い、御亭主の帰宅とぶつかる惧《おそ》れはないか、と心配しながら、その危険を半ば愉《たの》しんでいるようでもあった。向う岸をとおれば大丈夫よ、と節子が言った。そして小さな橋を渡った。

寒い夜であったので、二人は外套《がいとう》の腕をしっかりと組み合わせて歩いた。やがて節子が立止って暗示を与えた。ようようのことで土屋は唇《くちびる》を近づけたが、その唇は節子の唇のすぐ間近まで来て止り、口のはじで軽く笑って、知らないぞ、と言った。節子は返事の代りに男を抓《つね》ろうとしたが、男の外套の生地《きじ》は厚くて、抓るに由《よし》なかった。そうするあいだに二人は接吻していた。節子は、当然のことながら、九年前と比べて土屋の接吻が巧者になっているのにおどろいた。

その晩、あいかわらず一人で良人の帰宅を待ちながら、節子の心には、一種説明の

つかぬさびしさが生れた。彼女の幻影の中の土屋は、その拙劣な接吻ゆえの土屋だったのである。彼女の不満は男というもののデリカシーの乏しさに及んだ。現在の土屋の巧みな接吻は、二度目に見せればよいのだ。今夜は嘘《うそ》でも、昔ながらの拙《つた》ない接吻をしてくれるべきだった。しかしこんな気むずかしさも、彼女がいくらか知っている男の虚栄心に思い至ると、いくぶん寛大な気持に変った。

節子のしていることは何だったろう。これが恋だろうか。節子にとっては自分の官能的な魂を満足させないことが必要であった。そこでいつまでも、自分の寛容な美徳にたよったのである。

土屋との逢瀬は頻繁《ひんぱん》になった。しかし土屋は礼節を保っていた。別れぎわの暗い川岸の散歩、別れの接吻、……そういうものは少し甘味を含んだ儀礼にすぎないと、考えているかのようであった。

許さなければよいのだという、節子が最初に立てた戒律は、しかし時折、根拠の薄弱なものになった。何故《なぜ》ならこの戒律は、もし土屋の心がそれを求めていなければ、忽《たちま》ち根拠を失うからである。

友の夫人たちが語る狼《おおかみ》のような男たちに比べて、土屋はまるで異人種かと思われた。彼は酔いのまぎれにも、又ダンスの耳もとでも、一度としてそれに似た要求を仄《ほの》めかさない。それを土屋の行儀のよさと殊勝にとるには、土屋の日頃《ひごろ》の話題があんまり放恣《ほうし》にすぎる。あるいは彼は、節子をほんの精神上の友だちと思っているのにすぎないのか。節子にとってこんな空想は、まんざら思い当るところがないではないだけに、辛《つら》い空想であった。

そこで節子は、許さないという意志表示をするために、まず土屋がそういう要求を持ち出すように誘導する必要があった。そのあげく節子が断われば、この拒絶は、それほど土屋が要求を出し渋ったということに対する、手頃な報復にもなるであろう。

節子はコケットリイが下手だった。コケットリイのままでとどめておく手綱の引締め加減に自信がなかった。土屋がその要求を口に出すようにするには、彼女は誇大な身振で、自分の矜《ほこ》りを傷つけはせぬかと惧れた。そしていつもこの思いは懸案にとどまった。

男女の附合《つきあい》が次第に或《あ》る帰着を求めて息苦しくなる、その息苦しさをまるきり感じないように見える土屋の、自由でのびやかな息づかいが、節子には憎らしくなった。彼だけが自分と別の空気を吸っているように思われた。節子の吸う空気にはすでに酸素が足りない。

節子は逢《あ》っているあいだに何かの加減で急に鼓動の高鳴りを感じると、思わずかたわらの土屋を見る。彼は平静な横顔を見せている。すると、節子にはこんな鼓動が、その場の空気とは何のかかわりもない、自分の内部の病気にすぎないように思われてくる。

「あなたとお会いしていると、私、このごろとても疲れるようになった」

と節子は、そこで、病人の訴え方をした。

「きっと春のせいだよ」

土屋はそう言った。

それは乱調子の春であった。その年の雪は三月になってはじめて降った。それだのに二月のあいだには、しばしば彼岸の陽気を思わせる日があった。数日そういう暖かい日がつづくと、忽ち強い北風が起って寒さを呼び返し、そのあげくの雪のあとには、早春の底冷えのきびしい日や、初夏のような暖かい日などが、不規則に交代した。

節子の体も、こんな気候の変調を反映して、どこか常ならぬものがあった。それが何かはわからなかった。しかし遅れがちな月経が二月にとうとう来ず、三月半ばをすぎても何の音沙汰《おとさた》もなかったので、ようよう節子は思い当った。節子の悪阻《つわり》はいつも軽くない。ある朝、それらしい吐気が来たので、彼女はすぐ医者へゆき、妊娠《にんしん》をたしかめた。

かえり道、節子は目のくらむ思いがした。土屋の接吻だけで受胎したようなものだからである。

あの最初の接吻の名残りを唇にとどめているその晩に、節子はいわれのないさびしさから、良人と久々に床を共にした。それはたまたま危険な期日であることを知りながら、そうしたのである。

良人はあいかわらず酔っていたが、節子の世にもめずらしい挑《いど》みに応じた。そして辛うじてそれを果して眠ってしまった。

節子はそのあいだというもの、土屋の抒情《じょじょう》的な唇を夢みていた。良人の帰宅までは、ひたすら土屋のデリカシイの皆無を責めていたのに、こんな不満が何を暗示していたかを、時ならずして節子は知った。危うく土屋の名を呼ぼうとした。眠ったあとで呼びはせぬかと不安になり、一晩中眠らずにいた。冬のおそい夜明けが窓を白ませるまで眠らずにいた。

その白みかかる空は節子の心に触れた。こんなに貞節な形の下《もと》に、これほどの偽瞞《ぎまん》が可能であることが恐ろしい。眠っている良人を前にして、彼女は恐怖を感じた。しかしいかにも冬の明け方の白い空は石女《うまずめ》を思わせたので節子はこの冒瀆《ぼうとく》的な一夜が何の実も結ばないだろうことを信じた。

……産科医からのかえるさ、はじめて節子の良心が痛みだした。私は莫迦《ばか》げた幻想を抱いている。この子を土屋さんの子供のように錯覚しているせいだ。と強いて思おうと力《つと》める。いやいや、彼女は決して莫迦げた幻想を怖《おそ》れたりしているのではない。節子は或る暗示を、或る懲罰の意味をそこから汲《く》んだ。思いがけない受胎であったので、意味のないものとは思えなかった。何かが彼女を懲《こ》らしめようとしていると思うほかはなかった。

この啓示が自分に何を要求しているのだろうかと、節子はつらつら考えた。いくとおりにも意味はとれる。すぐ考えられることはこうである。

受胎は土屋とのあいびきの中絶を意味している。この一向に捗《はかど》らぬ、なまぬるい拷《ごう》問《もん》のような恋の中絶を意味している。もしかするとこのことは恩寵《おんちょう》かもしれぬ。予測される節子の不幸を防ぐために、何ものかが、突然彼女の飜意《ほんい》を促しに来たのかとも思われる。彼女の腹は徐々にふくらみ、あいびきは滑稽《こっけい》になり、永い疎遠《そえん》が生れ、恋はおわり、そうして良人の子が、正真正銘の良人の子が生れるだろう。……

ここまで考えたとき、節子は、今自分が運命と思っているものに身を委《まか》せ、それに従順に従うことが、どういう結果を産むかを知った。こんな風に断念した恋のあとでは、生れる子供に対する彼女の心は、ややもすればあの晩の土屋の接吻の記憶を呼び戻《もど》し、その子は明らかに土屋の子ではないのに、ただ恋の形見として生れ、一生節子は土屋を思うことなしにはその子を思うことができないだろう。それならむしろ、本当に土屋の子であればよかった。それならそれで、別種の愛情が生れるだろう。良人の子でありながら、実は何よりも土屋の記憶につながる子を生むこと、これより大きな裏切りはない。これより大きな不実はない。……

節子のために言っておかねばならないが、こういう考えは実に真面目《まじめ》で、彼女がこれほど自分の内面に深く錘《おも》りを下ろしたことはなかったのである。それにもかかわらず、この真摯《しんし》、この誠実には、どこかしらに遊びの調子があった。浅瀬で遊ぶのに飽きた心が、深みで遊びはじめた趣きがあった。わけても、この子を生むことこそ良人への裏切りだ、と節子が思い詰めたときに、こんな美化された良人思いの感情の底には、或る自己弁護のよろこびが顔を出していた。

節子がこれこそ本当に生《き》まじめに心に決めていることが一つあった。それはこうである。

『この一件は土屋さんにも良人にも永久に黙っていよう』

いかにも奇妙に思われるのは、この受胎を節子が、土屋のために黙って払っている大きな犠牲だという風に考えはじめたことである。そう考えはじめた当初は、罪の思いそのものにも、土屋のために我慢しているという快楽がこもっていた。

さて節子が、前に述べた結論から、良人への裏切りをおそれて、良人に内緒でその子を堕《おろ》そうという考えに達したとき、今度はこんな決断は、良人のために払う犠牲だと考えるほうが自然ではなかったろうか？　だが節子は妙に良人を庇《かば》った。そしてこの決断のいたましさを、ますます土屋のために払う犠牲だと考えることを好んだ。

そう考えると同時に、犠牲を耐えしのぶ快楽は薄れて、日ましにそれは心の重荷になった。その目はもはや事態の悲しさと、苦しさの側面をしか見なかった。今まで香水の匂《にお》いにしかふさわしくなかった女が、陰惨な悩みのとりこになったのである。

過去に節子は子供を堕ろしたことが一度あった。そのときは病気勝ちで体が弱っていたので、良人がむしろすすめて、そうしたのである。その折にも少し泣きはしたが、悲しみには甘さがまじっていた。

今度はちがう。今度は何もかも自分で事を運んで、自分で決着をつけなければならぬ。深夜、まだ形を成さない子が、いずれ闇《やみ》に捨て去られる恐怖のためか、胎《はら》の中で泣き声を立てている夢を見て、節子は目をさました。その泣き声はまだ耳に残っている。腹のあたりで、かすかな、干割《ひわ》れるような泣き声が、まだつづいているように思われる。節子は背筋に寝汗をかいている。耳をすます。部屋の一隅《いちぐう》には菊夫が眠っている。

……遠い貨物列車の警笛を聴く。その音が夢に入って泣き声になったのか、あるいは夢の泣き声が夜の遠くへ駈《か》け去って、あの汽笛にまぎれてきこえるのかと思う。かたわらには相当な地震でも目をさましたことのない良人が、安楽な寝息を立てている。

節子は急に侘《わ》びしい空腹を感じて、寝床を立って厨《くりや》へ下りた。


今度土屋と逢うときまでは子供を堕すまい。手術のあとのよろめく体で逢いたくはない。今度逢って、そのあくる日には必ず医者へ行こうと節子は思っていた。

しかしこうして誰にも知られずに終ってしまう筈《はず》の沈黙の劇の空《むな》しさは、だんだんと節子に何かしら報いをねがう気持を育てた。こんな気持は、時と共に日と共に大きくなった。これだけ苦しんだのだから、どんな歓《よろこ》びも享《う》ける資格があるような気がした。何を望んでいるのかはわからなかった。ただこれだけの犠牲を払って彼女が望むものは、決して罪にはならぬだろうと思われた。

節子は土屋と今日にも逢いたいのに、土屋へかける電話はいつも不在であった。彼は仕事が忙しいと言っており、それは嘘《うそ》ではなさそうだった。あいびきの約束だけは守る男であるから、こうなったら節子は、三日のちのその約束の日まで、どうにか一人で耐えてゆく力を試そうという気になった。そうするうちにも、彼女の期待と翹望《ぎょうぼう》は日ましにひろがった。

節子の心、節子の生活は、もう明らかに土屋をめぐって動いていた。

この日のあいびきほど待たれたものは、おそらく彼女の半生に一度もなかっただろう！

土屋のあの普段着の顔、あのいつに変らぬ顔、あれをまず見なければならぬことは、思うだに怖ろしかった。こうして節子は、自分の全生活が、すでに他人の情《なさけ》にかかっている境涯《きょうがい》に気がついた。

それは四月上旬のよく晴れた日であった。温度は急に騰《あが》り、五月の暖かさになったので、上着を脱いで街をゆく人さえあった。節子の袖長《そでなが》のツーピース・ドレスは暑かった。彼女は汗をおそれて、香水を耳もとに塗った。

待ち合わせた店には、客の数はそう多くなくて、音楽が騒然としている。見渡したところ、土屋はまだ来ていない。しかし忽ち節子は土屋を発見した。彼は三人の客の席に加わって、何か話に夢中になっている。知人らしい。土屋と話している女の顔に見覚えがある。いつか噂《うわさ》に出た女優だったのである。

土屋はすぐ節子に気づいた。直ちに席を立って節子を迎え、

「僕も今来たところなんだ」

と言った。女優たちの席からは遠い空いているボックスに向い合って腰かけたとき、節子は本当に崩れ落ちるように坐《すわ》った。

ややあってお茶が運ばれる。土屋が言う。

「何かあったの？」

彼は敏感なのだった。節子はあわてて、何もありはしない、と答えた。

「あたくしね……」と節子が言い出した。

こう言い出すときには、何か改まった宣言があるのが常である。土屋はそれを察して、殊勝に乗り出して聴く様子を見せた。

節子の中で言葉はもう十分に煮立って、こぼれ出るばかりになっていたが、一度言って相手の耳に届かなかったら、二度と言える言葉ではなかった。彼女は騒然たる音楽をおそれた。もしこの言葉が音楽にさえぎられ、男がきき返したとしたらどうだろう。しかし彼女が乗り出して言うべき言葉ではない。折を待つうちに、言葉は凍ってしまいそうに思われる。節子は明晰《めいせき》に、一語一語を区切って言った。

「ねえ、今度御一緒に旅行に行かないこと？」

土屋の返事は、まことに間髪を入れなかった。

「行こうよ！」

そして彼はなつかしげな微笑をうかべ、それに誘われて節子も微笑した。その日の逢瀬のあいだ、節子は決してあの女優のことなど話題にしなかった。二人は旅の話ばかりしていた。

第六節

節子は空想からも罪の思いからも解き放たれた。そして女のほうから言い出したあの申し出にも、今は後悔の感情はなかった。

二人は、土屋の仕事のことも慮《おもんぱか》って、五月に旅へ出ようと約束した。節子のためにもそれだけの準備が要った。いろいろと口実を考え出し、時間をかけて伏線を張りめぐらさなければならない。

土屋はえもいわれず優しかった。その優しさに節子はあくる日まで酔っていた。酔いのままに朝早く医者へゆき、酔いのままに手術が運んだ。医者は彼女に麻酔さえ要らぬことを知っていただろうか？

節子の中に本当の節子が生れ、目をさました。彼女は愛する男を発見したのである。奇妙なことに、旅行の談合が成立したその日から、土屋ははじめて恋人らしく振舞い出した。その日を堺《さかい》にして、彼はやっと自分の演ずる役割に気がついたかのようである。

彼の手も、彼の言葉も、今やどこかしらで愛撫《あいぶ》につながっていた。節子の一寸《ちょっと》した疲労とか、一寸した不機嫌《ふきげん》の色とか、そういうものをすばやく察した。この青年がこれほどの察しのよさを、今までどうやって隠して来たのか、節子にはほとほと不思議であった。

忽《たちま》ち二人は眼差《まなざし》だけで心の通い合う仲になった。節子は今年ほど四月の宵々《よいよい》の街の燈火《とうか》を、官能的なものに感じたことはなかった。

ある晩、二人は待ち合わせて映画を見、九時前にそれがすんで、映画館を出たときに、めずらしい大停電があった。町のあらゆる灯《ひ》は消え、ネオンはまたたきながら消えて行った。数秒のちに又ともり、ネオンというネオンはわなわなとふるえながらともり、新聞社の窓々も一せいにともった。しかしともったと思うと、又消えた。残っているのは自家発電のビルのあかりだけである。

今まで明るかった街が、俄《にわ》かに闇《やみ》にとざされるのは凄愴《せいそう》な眺《なが》めである。交叉点《こうさてん》の信号も消えてしまった。交通巡査が提灯《ちょうちん》をかざして、交通を整理しはじめる。車道には自動車の前燈ばかりが、ほとばしり、ひらめいて、闇をその不安な光りでつんざいて過ぎた。

こんな擾乱《じょうらん》の感じは、しかし二人の心によく似合った。街がこんなに彼らのために、彼らに似合うように変貌《へんぼう》したのは、何か思い設けぬ幸運とも感じられた。何か起ればいい、何か外的な破滅がふりかかってくればいい、というのは節子のこの日頃《ひごろ》の願いであった。そこかしこの横丁では、人々が店から出てざわめいていた。暦より一ト月も早い夜の暖かさも、この不安の感じを強めた。

二人はとある新聞社の発送部の前をとおりかかった。発送部の内部は真暗な洞窟《どうくつ》のようで、トラックが数台黒々と止っている。大ぜいの男が闇の中に動いている気配がする。その中の一人が叫んだ。

「猪苗代《いなわしろ》の発電所に爆薬が仕掛けられたんだぞ。爆発だ。発電所が爆発だ！」

このとき忽ち、明るい光が目を射たのは、朝刊の第一版発送のトラックが、もののしくヘッドライトを点じて発車したのである。

そこを行きすぎて、節子と土屋は顔を見合わせた。今の闇の中の叫びは本当だろうか？　もし本当とすると、革命か、あるいはそれに類した暴動が起りつつあるのであろうか？

「暗いうちにうんと焼酎《しょうちゅう》を呑《の》んどけや！」

発送部の闇から、今度はこのような叫びが起り、それにつれて大ぜいの元気のよい笑い声が起った。

節子の情緒は動揺し、只《ただ》ならぬ不安はすぐさま肉の思いにつながった。この暗い街《まち》中《なか》では、人目を憚《はばか》ることは要らなかったから、別の不安が、却《かえ》ってこの不安を免《まぬ》がれさせ、節子の情緒はあからさまになった。土屋とのしばしばの逢引《あいび》きにも、彼女はこれほど心ゆく思いで、街を歩いたことはなかった気がする。

節子の腕には、組んだ土屋の腕の温かみが伝わり、彼女の記憶にたびたび断片的にあらわれた男の腕は、この腕だったことがはっきりする。節子は街のまんなかで、はじめて土屋に接吻《せっぷん》を求めた。土屋はかたわらの看板の片蔭《かたかげ》に立止って接吻した。

こんなところで、節子の階級的偏見を云々《うんぬん》するのは、不謹慎のそしりを免がれまい。しかしそのことは、このとき彼女を支配した情緒、彼女を促した情念と、無関係ではなかった。大停電の街のどよめきのなかで、革命や暴動を夢みながら、まことに時代遅れな節子の偏見は、自分をはっきりその被害者の立場に置いて思い描いていた。こうした夢想は、節子のよりどころのない官能を促すのに重要だったのである。

目の前の青年、自分の恋人は何者だろう、と彼女は夢想を進めた。彼は決して敵ではなく、さりとてまた、決して頼もしい庇護者《ひごしや》でもなかった。彼は節子の好みに叶《かな》った青年、同じ育ちの男、……つまり彼女と同じ被害者だったのだ。

この人もだわ、と節子は胸をとどろかせて考えた。こうして彼女の物語趣味の条件が調った。

……土屋という青年は、一体何かの着想が心に浮ぶことはないのだろうか？　このたびも着想は節子のほうに浮んだ。彼女は自分の家のちかくにある広大な公園の、停電の夜を見に行きたいと思ったのである。

二人はタクシーを止め、十分あまり乗ってその公園の入口で下りた。そこの森がこれほど巨大に見える夜はなかった。空には幅広い雲がひろがり、月も星もない。

ヒマラヤ杉《すぎ》の下の芝生をゆく。自動車の前燈《ぜんとう》がたえず不安な影をえがき、樹木の影をあちこちへ移している。二百米《メートル》も先から来る車のヘッドライトが、強烈に目を射るかと思うと、車が道を折れると共に俄かにその光りが遠く弱まったりする。

クラクションが森のかなたこなたに谺《こだま》する間を縫って、急にはっきりと、下駄《げた》の音や靴音《くつおと》が近くにきこえる。二人はあわてて身を起す。するとそれは意外に遠いのである。草の上で相擁しているうちに、二人ははじめてお互いの体に指先で触れた。節子は土屋の体が熱しているのを快く知った。節子の心はやさしかったので、黙っている男の無言の暗い熱意のしるしに、ほとんど憐憫《れんびん》と呼んでもいいいじらしさで触れるのであった。彼女は今まで、この男にも衝動のそなわっていることを忘れていたのだ。

程なく公園の数ある外燈が一せいに灯《ひ》をともした。それをしおに二人は立上り、永いこと無言で歩いた。節子は急に男の襟足《えりあし》が見たくなったので、立止って、彼を先にやった。土屋は二三歩歩いてから振向いてそのわけをたずねたが、何でもないの、と節子は笑って答えた。

革命は本当に起っただろうか？　そうではなかった。あくる朝、良人《おっと》との朝食の卓上で、節子はゆうべの停電が、猪苗代湖発電所の送電線に落雷したためだという新聞の記事を読んだ。

「ゆうべ、雷なんか鳴ったかしら？」

節子はそう言った。

「いいや、鳴らないね」

と良人は答えた。

第七節

節子が五月の旅行のためにめぐらした計画はこうである。

今までにも医者に休養をすすめられて、一人で二三日旅に出たことがある。良人《おっと》は仕事で忙しいが、妻の旅先が近ければ、気まぐれに夜やって来て、あくる日の朝の早い汽車で帰京したこともある。今度の旅は遠くなければならぬ。又、医者の進言の要らない旅、それでいて尤《もっと》もな理由のある旅でなければならぬ。

女に友情がないというのは嘘《うそ》であって、女は恋愛のように、友情をもひた隠しにしてしまうのである。その結果、女の友情は必ず共犯関係をひそめている。節子にも一人、腹心の友があった。与志子《よしこ》である。与志子も人の妻だったが、節子に先んじて、まことに執拗《しつよう》な恋人を持っていた。

与志子は概して独立不羈《ふき》であった。恒例のお茶の会も軽蔑《けいべつ》していたし、慈善団体のバザーなどというものを毛ぎらいしていた。それだけに直接節子の自宅を訪ねることが多く、時にはおそくまで話して、節子の良人の帰宅のあとまで遊んでいたりした。

節子の良人は与志子のことを愉快な女だと云《い》っていた。

与志子は自分のありのままの生活を節子に話した。与志子は恋をしているのではなかった。生活の単調を破るために、もとから執拗だった恋人を受け入れ、今度はこの執拗さの単調に呆《あき》れていた。

これだけ打明けられていながら、節子は土屋のことを、旅行の約束をしたあとではじめて与志子に打明けたのである。与志子はすぐさま土屋の写真を見せることを要求し、節子のさし出したその写真を、しばらくじっと眺《なが》めていて、「この人って、どんな声？」とたずねた。

——節子と与志子の談合は忽《たちま》ち捗《はかど》った。与志子はこの夏、或《あ》る避暑地に別荘を借りようとしていた。そのための下見《したみ》に行かなくてはならなかった。与志子の良人も多忙であったので、下見は妻に一任し、彼女は一人で旅に出るということにすればよかった。それに節子を同道するという口実が出来たのである。

この計画を良人に納得させるために、四月も末の或る晩、節子は良人の帰宅まで与志子を引止めておいた。そして良人がかえって来ると、さりげない話のはしばしに、与志子が別荘の下見のための一人旅の淋《さび》しさを愬《うった》えた。

「いつらっしゃるの？」

と節子が、しめし合わせておいた問いを出した。

「五月。どっちみち五月中でなければ……」

「そんなら私も一緒に行きたいな」

こんな会話から、節子の同道を、良人に納得させるのは造作もなかった。むしろ彼が進んで、ためらう節子がそうするように奨《すす》めたのである。

あげくのはてに良人がこう言った。

「まるで君たちは同性愛だね」

「本当はそうなのよ」

節子と与志子は、夜も更《ふ》けた肌《はだ》に白粉《おしろい》の疲れている頬《ほお》をすり寄せてみせた。

その晩、節子は喜びのために眠れなかった。すべては巧《うま》く行きそうに思われる。やすやすと運びそうに思われる。もし良人がこんなに眠ってばかりいる男でなかったら、妻の喜びの異常さに、この不可解な喜びにほてっている体に、どうして気がつかなかった筈《はず》があろう。すでに夢の中にいる良人が、寝返りを打つ姿を眺めて、節子は瞬時に忘れてしまう不安を感じた。自分の喜びの烈《はげ》しさが、もしや良人の夢にまで通ったのではないかとふと思って。

……喜びは大そう過ぎやすい。あくる日すでに節子は不幸になった。前にも云ったとおり、節子のしようとしていたのは空想的な恋愛である。節子のいわゆる道徳的な恋愛である。

節子のあまり深くものを分析しない思考の中では、彼女が今まで永いこと大切にして来た婦徳は、その実かなり曖昧《あいまい》な定義をつけられていた。空想の領域はまだ美徳に属し、現実は悖徳《はいとく》に属していた。こんな考え方の結果として、表てにあらわれた行為については、もっと峻厳《しゅんげん》である筈の節子だった。そのためにこそ、空想の内では、彼女は大いに寛大であろうとして来たのである。

どんな邪悪な心も心にとどまる限りは、美徳の領域に属している、と節子は考えていた。そこで、現実の行為は、どんなにやさしく、愛らしい、無邪気な形をとっていても、悖徳の世界に属していた。自分が土屋の体に触れたときの、あのやさしさ、あの自然さ、あの無邪気さが、こうして節子をおののかすことになった。節子の内部には、感情の価値の混乱が起った。どんな邪悪な空想も心を苦しめることがなかったのに、久々に味わったやさしさや無邪気さが、良心の傷手《いたで》になるのだとすれば、一歩進んで、彼女は冷たい打算や身勝手な計画を美徳と見なし、やさしさ、自然さ、無邪気さ、などの明るい感情を、悪徳と感じなければならなかったからである。

こういう矛盾の苦しみを、まことに道徳的な考え方をする節子は、いわゆる「良心の呵責《かしゃく》」だと思うのであった。昨夜与志子と一緒にやすやすと良人を欺《だま》したのを思い出すと、与志子までが憎くなった。そしてきびしい反省の数時間のあいだは、今は失われてしまったあの空想上の無害な快楽、ほしいままな美徳のたのしみばかりを惜しんでいた。

今では節子は自分の思いがけないやさしさ、自然な情愛、無邪気な愛撫《あいぶ》をも憎んだ。良人のためにとっておいたその反対のもののほうへ、無理にも引返そうと力《つと》めた。すなわち感情の砂漠《さばく》と、空想のみだらさのほうへ。果てしれぬ永い午後の無為の時間のほうへ。……彼女は良人思いのつもりでそう力めながら、良人が実際そんなものを望むかどうか、考えてみもしなかった。良人が望まなくても、貞節と美徳の本質はそういうものであり、むしろ節子自身のためのものだった。第一、良人は何も望んでなぞいはしなかった。彼はいつも眠っていたのだから。

節子はそんな風にして、もともと穏健な躾《しつけ》のよい考え方から出発しながら、世にも危険な毒のある思想に染まってゆくことに気づかなかった。それはただ怖《おそ》れにすぎぬのかもしれなかった。ひたすら過去の空想の甘味ばかりを追って、未来の無邪気さ、やさしさを、怖れていた。そればかりではない。はじめて土屋の愛が不安になったのである。

『許したが最後、私は捨てられるのではないかしら？　あの人は私をほんの一時の慰みものにするつもりではないかしら？』

突然、良人にすべての企《たく》らみを打明けようという衝動が節子に生れた。衝動というには自然さが欠けていて、いずれにしろ、こんな考えが生れるのは遅すぎた。世間の人妻なら最初に思いつきそうなこの目論見《もくろみ》、良人に打明けようという目論見を、節子は今はじめて思いついたのである。それというのも、今まで節子は不道徳なことをしているという考えがみじんもなかったのであるから。

『もうここまで来たら、打明けた結果がおそろしくて、打明けることなぞ出来はしない。第一、こんなにあからさまに良人を傷つけることのわかっている告白なぞが出来ようか』

……しばらく考えて、ほとほとその不可能に業《ごう》を煮やして、彼女は思いとどまった。

一方節子は、一等簡単な解決法をすっかり忘れていた。一等簡単な解決方法。……彼女は旅行をやめさえすればよかったのだ。

小鳥だとか花だとか、子供だとか、(よし自分の子供は別としても)、そういうものへの女らしい甘いやさしい無邪気な情愛にすら、節子は今は、その無邪気さのゆえに罪の匂《にお》いをかいだ。愛らしいものを何も愛することができないような気がした。息がつまるようだった。尤も節子は、花や小鳥などこれら愛らしいものの列に、抜け目なく、土屋のあの毛深い腕をも加えていたのであったが……。

第八節

どんな驚天動地の大計画も、一旦《いったん》心が決り準備が整うと、それにとりかかる前に、或《あ》る休息に似た気持が来るものである。旅がいよいよ二三日先に迫ったとき、節子にはもはや不安はなかった。

ホテルの予約も二人ですませてある。待ち合せの時間もきまっている。万一の場合、お互いに故障を知らせあう手順も決めてある。旅へ携えてゆく品物の細目《さいもく》まで、節子は土屋と打合せていた。

この年の五月は美しかった。上旬にはかなり旺《さか》んな暑さの日々もあった。しかし人々が高原へ出かけてゆく季節には程遠かった。

節子はじっと菊夫を見ていた。自分の決心がこの子と何の関《かか》わりがあるかを考えた。(しらずしらず、彼女は考えることを学んでいた!)この子には私を非難する資格が、生れながらに具《そな》わっていると云《い》えようか? この子の住んでいる世界と、私の今や住もうとしている世界と、何の関わりがあるだろうか? 子供は子供だけの世界へ、母親は女へ立戻《たちもど》るだけのことである。

節子ははじめて菊夫を、どこかの孤児を眺《なが》めるように、純然たる一人の子供として眺めている自分に気づいた。それは堅固な、犯すべからざる一つの存在だった。たとえその頭の中には、玩具《がんぐ》や鬼ごっこや喰《た》べ物の好き嫌《きら》いや、庭の木の下に隠した宝物を見つけられはしないかという心配や、……そういう他愛のないものだけしか詰まっていないにしても、それはともあれ別箇《べっこ》の、胡桃《くるみ》の殻《から》のように固い存在だった。

そしてこちら側にいるのは、母親ではなく、一人の女であった。菊夫に対して、節子は裸かの羞恥《しゅうち》を感じた。

——あまりまじまじと見詰められた菊夫は、気味わるがって、目ばたきして、口を尖《とが》らすように笑って、向うへ行ってしまった。

『この瞬間のことを、意味はつかめぬながらも、ずっと成人したのちに菊夫はありありと思い出すかもしれない』と節子は戦慄《せんりつ》を以《もっ》て考えた。『母親が何だか急に旅へ出たその前の日のこの時のことを』

これに比べれば、旅立ちの朝、勤めへ行く良人《おっと》を玄関に見送ったときは、はるかに耐えやすかった。

「それじゃあ明後日《あさって》の晩までに帰りますわ。菊夫をお任せしてよ」

「大丈夫」

と靴《くつ》を穿《は》くためにうつむきながら、良人は言葉寡《すく》なに答えた。その項《うなじ》の皺《しわ》は、決して怒らないこの男が怒っているような外観を与えた。

ところで久しい結婚生活から、良人のうちに余計なデリカシイを想像しないことを妻の礼儀だと学んだ節子は、こんな場合の彼が、自分でもしかとつかめない直感のために不機嫌《ふきげん》になっているなどとは考えなかった。

果して、その朝に限って門まで送って出た節子に、振向いた倉越一郎は、五月の朝そのもののような、又いわば、試合に勝った瞬間の野球選手のような、とてつもない明るい笑顔を妻へ向けた。それが妻を今日の旅行に向って、何ものにもまして鼓舞する笑顔だとは知らずに。そして又、どんなことをしようとこの男を不幸にすることなどできはしないと、何ものにもまして妻を絶望させる笑顔だとは知らずに。

待ち合せの時間には早かったが、菊夫が幼稚園からかえって来る前に家を出なければならなかった節子は、時間をつぶすのにスーツケースを持ちあぐねた。一人でお茶を呑《の》んだり、装身具店へ入ったりした。土屋とは中食《ちゅうじき》を一緒にして、それから駅へ行く約束になっていた。

スーツケースは決してそれほど重くはなかった。しかしこの姿を眺める人の目は、節子をわびしい気持にさせた。女が鞄《かばん》を持ち歩いて、一人でお茶を呑むというだけのことが、これほど一幅のわびしい絵を形づくるのをはじめて知った。そして人妻が恋人と旅へ出ようとしている時も時、これほど心を苛《さいな》む因《いわ》れのない孤独感におどろいた。節子は街角で立止って腕時計を見ていたので、人にぶつかられた。

行きつけのレストランが待ち合せの場所である。そこにはロビイの長椅子《ながいす》がある。たしか新聞だの写真の沢山入った雑誌だのが置いてある。それを思いついた節子は、約束の時間までまだ二十分あったが、そこへ行った。

クロークに鞄をあずけ、椅子に足を組んで掛けて、大判の雑誌を膝《ひざ》にひらいた。頁《ページ》をめくる。どの頁も目に入らない。一枚の頁を永く見つめているのが苦痛に思われる。……

約束の定刻より数分前、突然、扉《とびら》がひらいて、土屋の姿があらわれた。節子は思わず立上った。この瞬間、すでに彼女は土屋に身を委《まか》せていたのである。

第九節

四時間にわたる汽車の旅ののち、季節外れの閑散なホテルの一室で、かれらは最初の一夜をすごした。土屋の最初の行為は実に不手際《ふてぎわ》だったが、節子は意に介しなかった。その夜の彼女には、そういう行為さえ殆《ほと》んど要らなかったほどである。

その晩の節子は実際火のように清浄で、彼女自身、ほとんど肉感的な印象をとどめていなかった。これまで土屋からうけとっていた多くの官能の断片は、土屋の髪の匂《にお》い、唇《くちびる》、肌《はだ》ざわり、……そういうもの悉《ことごと》くは、まるで節子にとって重要でなくなっていた。この青年に身を委《まか》したという自分の精神的姿勢だけで満ち足りていたのである。節子はこのとき、何に似ていたと云って、一等、聖女に似ていただろう。

彼女がその美しいすらりとした脚と、肌の無染《むぜん》の白さとを除いて、自分の肉体的魅力に大して自信を持っていず、又それに大して期待をかけていなかったということは、前にも述べたとおりである。その結果彼女は、これほど待ちこがれた最初の一夜の恋人の不手際をも、罰する気持になるどころか、かえっていとしい気持で恕《ゆる》すのであった。

そればかりか節子は、一見世馴《よな》れた青年のこの意外な始末に、却《かえ》ってうれしさを感じた。こう思ったからである。

『きっとそうなんだわ。この方の肉体的なためらいは、私を今まであれほど苦しめて来たものと同じもの、つまり道徳的な潔癖さのおかげなんだわ。それを男の人は奇妙な羞恥心《しゅうちしん》で隠そうと努めるのね。いじらしいこと！』

――かれらの体は、朝早く、又しても不器用に結びついた。この人気《ひとけ》のないホテルの一室に在りながら、まるで混《こ》んだ電車で体がぶつかり合うようにして。

土屋は呆《あき》れるくらい子供に返ってしまった。朝日のまばゆさに叫び声をあげ、マンテルピースのポーカアを持ち出して、猛獣狩りだと云って節子を追いまわした。節子は毛布をかぶって身を護《まも》り、ベッドのまわりをかけまわる男の腰の動きを、ずっと年下の男を見るような心地で眺《なが》めた。私も子供にならなければと節子は思った。子供になり切りさえすれば、どんな道徳的恐怖からも自由になれると考えたのである。

やがて落着いた土屋が、例の真裸かの朝食をとろうと提案する。節子は寝床に隠れていればよかった。電話で注文した朝食が、朝日にまばゆい窓辺に運ばれるのを、仮りにガウンをまとった土屋が迎えて、伝票に署名をすればよかったのだ。

――朝日は寝台《ねだい》の裾《すそ》のほうを犯している。窓ぎわの卓の白い卓布の上には、今しがた用意された朝食の、銀の珈琲《コーヒー》ポットが輝やいている。ナプキンに包まれたトーストの香りがしている。

給仕はもう出て行ったあとである。鍵《かぎ》は、と節子がきいた。それは勿論《もちろん》すでに掛けてある。

ではお給仕をいたしましょう、と窓ぎわに立っていた土屋が言って忽《たちま》ちガウンを脱ぎ捨てた。彼の体中の夥《おびただ》しい毛が朝日のなかで金いろに光った。

節子はシーツで身を包んでいた。トーストのようだね、と土屋が言いながらそれを剝《は》いだ。節子は拒まなかった。節子の毛も寝台の裾の朝日のなかで金いろになった。

二人は体の上に焼けたパンの粉を平気でこぼし、銀の珈琲ポットの熱さにあわてて脇腹《わきばら》を引込めたりしながら、朝食を摂《と》った。それは決して、かつて節子の空想をあれほどに悩ませた淫《みだ》らな食事ではなかった。むしろ子供らしい無垢《むく》な朝食だったと云《い》っていい。

「私ってもう、体なんて要らないくらいだわ」

と節子は真情を、下手な表現で語った。そこで土屋は、それを冗談にとって、軽く外《そ》らしてしまった。

「だって体がなかったら、汽車に乗ってここまで来られないじゃないか」

節子は昨夜からの自分の気前のよさに驚いていた。教訓的な口調でいろいろと言い訳をし、もしすでに土屋の中に動いているかもしれぬ軽蔑《けいべつ》の念を融《と》かそうと試みた。

本当に好きだったからだわ、と節子は言った。そして土屋に、今後決して「遊び」という言葉を使ってはならぬと誓わせた。

――朝食をすませると、二人は散歩に出た。高原の紫外線は五月とはいえもう強かった。節子はしきりにそれを言った。その実、ただ顔をさらして歩くのが怖さに、サングラスを買う口実だった。かれらは時計屋に立ち寄って、埃《ほこり》だらけの去年のサングラスを、店の主人が汚ない布で拭《ふ》いて、差出すのをそのまま買った。

たまさかに会う散歩の外人のほか、日本人と云っては、土地の人ばかりであった。サングラスが何の役に立ったろう。……歩くうちに節子は思うのであった。いつか夏の日に、サングラスで自然に顔を隠して、土屋と連れ立って高原を歩くという夢を、今自分は叶《かな》えているのだと。そして顔を隠して歩くことこそその喜びの、どうしても欠くことのできぬ要素であったのだと。

午後は雨になり、雷さえ鳴った。二人はホテルへかえって、ロビイの煖炉《だんろ》の前にいた。ホテルの客はかれら一組と、もう一人偏屈な外人の年寄だけであった。節子が手水《ちょうず》に立った。かえって来たとき、彼女は玄関口に着いた自動車からロビイへ入って来る一団の紳士を見た。その瞬間、節子は伯父の横顔をこの一団の中に見出《みいだ》した。節子は身を隠そうとして、ライブラリイへ駈《か》け込んで、一番奥のうす暗い机にむかって坐《すわ》った。こんな只《ただ》ならぬ様子におどろいた土屋が彼女を追ってライブラリイへ入って来る。節子は机に顔を伏せて慄《ふる》えている。

煖炉のないライブラリイは大そう寒い。戸外は雨で、昼の闇《やみ》が澱《よど》んでいる。多くの書物机の上には、硝子《ガラス》のインク入れが寒々とインクの色を透かしている。

節子は土屋の手を引いて自分の胸にあて、烈《はげ》しい動悸《どうき》をしらせた。そしてようやく、こんな驚愕《きょうがく》の理由を語った。土屋もその紳士たちを見ていた。かれらは朝早く自動車で東京を発《た》ち、ゴルフをやりに来た一行である。雨のためにホテルへかえって来たが、今夜泊るつもりか、それともすぐ車で帰京するのか、フロントに問い合わせればわかると土屋は言う。そうしてくれと節子はたのんだ。

やがて土屋がかえって来て、あの一行は今おそい中食をとりに食堂へ行っている。食事がすめば帰るそうだから心配は要らない、この間に部屋へ戻《もど》っていたほうがいい、と言うのであった。

節子は土屋に抱きかかえられて立上ったが、その美しい脚はまだ慄えていた。しかし伯父のほうからは気づかれなかったという自信があった。部屋に戻ってドアをうしろ手に閉めるか閉めぬに、力のかぎり強く抱いていてくれと、節子は男に言った。土屋の顎《あご》の青い剃《そ》りあとが、節子の唇にさわる棘《とげ》のような感じが、ようやく彼女の安心の根拠になった。

二人はたびたび事務室へ電話をかけた。明らさまに、会いたくない人があの一行の中にいると話し、もう帰ったかと訊《き》くが、一行はまだロビイで寛《くつ》ろいでいるという返事がある。帰ったらすぐしらせてくれとたのんで電話を切るが、帰ったという返事はない。また電話をかける。一行は依然としてロビイで寛ろいでいる。……部屋は二人の閉じこめられた牢《ろう》になった。

遠雷がひびき、雨は止《や》まず、室内は暗い。窓からは玄関の方角は見えないので、自動車が動きだしたかどうか知ることができない。節子は部屋のあかりを点《つ》けさせない。二人は起《た》ちつ居つ、心もそぞろに電話のしらせを待っている。

そうしているうちに、何かの拍子で見交わした目の奥底に、節子は押えつけるような圧力的な微光を見た。軽い不安な接吻《せっぷん》。土屋はあわただしくズボンを下ろし、節子はガータアを外した。この脱衣のおのおのの動作は、異常に素速く、又平静で、一瞬一瞬が符節を合して運ぶように思われた。二人は寝台《ねだい》のベッド・カバアを外す労をも厭《いと》うた。

やがて二人の体が、寝台の上に漂う昼の闇の中で、深い吐息に埋もれるまで、はじめていささかの曖昧《あいまい》さもない結合が進んでゆき、節子は男の筋肉のひしめきの一つ一つに感動した。土屋は生れかわった。この青年は巧者な、確信ある恋人になったのである。

かれらの下着は首のところまで捲《まく》り上げられたまま脱がれなかった。そこで節子は男の胸毛に光っている汗を啜《すす》った。この暗い甘い体の匂いが、どうやらはじめて意味の深いものになった。

……一行の出発を告げる電話がかかったのはそのあとである。一行は雨の上るのを待っていたのだった。窓には、雨後の乱れた雲を透かしてくる稀薄《きはく》な日ざしがあった。節子は立上った。彼女の体はいきいきとし、ひとつひとつの指先まで、薄い鋼《はがね》を含んだように弾力を帯びて感じられた。何かが治ったのだわ、と節子は思った。

あくる日の夕刻、二人は東京へかえった。一緒に晩の食事をし、それから人妻の恋を扱った評判の映画を見た。節子は自分の身をこれほど如実《にょじつ》に映画の上に見たことはなかった。かたわらの席で見ている少女に気づいて、彼女は経験に富んだ者の矜《ほこ》りを感じた。自分および少数の人間にしかわからない真実を語っている映画を見るたのしみ……、節子は専門家のたのしみを知った。たとえば化学者が、化学者の伝記映画を見て、ほくそ笑んだり、気むずかしく首を振ったりするそのたのしみ。

節子は午後九時に、土屋に送られて家へかえった。大胆《だいたん》に、家の四五間先まで土屋に送らせて。

第十節

幸福のために節子はやさしくなった。あいかわらず留守がちな良人《おっと》の上には、そのやさしさを注ぐことができないので、あふれるばかりの愛を菊夫にそそいだ。

愛を享《う》ける菊夫の微笑に、自分の享けている愛の秘密を知っているような、或《あ》る心得た表情のちらつくことがある。それはあくまでも節子の思いすごしにすぎない、しかしそういう思いすごしの裡《うち》に、節子は菊夫の共感を、さらには共謀の感情を夢みていたのである。

あらゆる点で、節子は自分の逸脱を感ぜず、よみがえった秩序を感じた。土屋の存在がいつのまにか既定の事実になっていて、強《し》いて土屋のことを考えなくても、このままですべてが巧《うま》く行くような気がした。彼女は土屋を、ほとんど必要としていないとさえ思うのであった。

そのくせ、何も考えていない筈《はず》の瞬間に、土屋がズボンのベルトをきりりと締めるときの、小気味よい鰐革《わにがわ》のきしみを、突然あざやかに思いうかべたりしている。

しかしそういう記憶が彼女をおびやかすというのではない。ともあれ節子は、にこやかで寛大で、会う人毎《ごと》に自分の倖《しあわ》せのお裾《すそ》分《わ》けをしたいと望んでいた。進んで例のお茶の会へも出た。彼女は朗らかに率直に話した。その頰《ほお》は紅潮し、声には張りもあり艶《つや》もあった。音のやかましくない電気掃除機はないかという話をしているとき、節子が自分の恋を語っていると誰《だれ》が気づいたろうか？

いうまでもなく、旅からかえった晩、節子は良人に旅行の話をした。良人がのちのち与志子に同じことを訊《き》いても大丈夫なように、あらかじめ与志子と打ち合わせておいた話を。――ところで良人は、節子のことよりも、与志子の動静をいろいろと訊くのだった。その結果、節子は甚《はなは》だ小説的な空想をめぐらした。もしかして与志子が良人と愛し合っていて、節子の留守に、何も知らぬ節子を笑いながら、二人が夜をすごしたのではあるまいか？　良人はもっとも人の悪い質問をしているのではあるまいか？

節子はもちろん少しも嫉妬《しっと》は感じなかったが、明《あ》くる日になると、女中に留守中の良人の帰宅の時間をたずねた。良人は外泊はしなかったが、二晩つづけて、その帰宅がひときわ遅かった。外《そと》で与志子に逢《あ》っていたのであろうか？

こんな小説的な想像力が、おっとりした節子に生れたのは、嘘《うそ》が彼女を陶冶《とうや》したのだと考えるほかはなかった。今まで節子の恋の空想は単純なものであった。しかしひとたびその空想が現実になると、彼女の世界の認識は変り、まるで世界の各家族が隠れた地下道でつながっているような気がしてきた。もし与志子が本当に良人と愛し合っているのだとしたら、今より更に深い友情を、与志子に感じるだろうと思われた。節子は思うのであった。美徳はあれほど人を孤独にするのに、不道徳は人を同胞《きょうだい》のように仲良くさせると。

旅行に行って数日後に月経を見たとき、節子の幸福感は絶頂に達した。これこそすべてが恕《ゆる》され、すべてが嘉納《かのう》されたしるしであった。いつも来る悲しみも来ず、心は均衡を得てかるがるとしていた。不快な記憶さえ、その平静をかきみだしに来ることはなかった。不快な記憶……節子は堕《おろ》した子のことを考えていたのである。すると土屋と共に待ったあの電話のあとで、何ものからか治ったと節子が感じたのは、正《まさ》にこの不快な記憶から治ったのだということがわかるのであった。

――節子はよく心労の折に指圧師を呼んだ。今度はあまり元気で幸福なので、心配になって指圧師を呼んだ。指圧師はお定まりの黒眼鏡をかけた無表情な、枯木のように瘦《や》せた男である。

　この男は節子の体を揉《も》みほぐしながら、いつも無表情のまま、大そう慇懃《いんぎん》な言葉づかいで失礼なことを訊《き》く癖がある。癖だと思っているから節子は怒らない。

「失礼でございますが奥様、只今《ただいま》はあれでございますね。月々のあれでございましょうね。いかが？」

「そうよ。よくわかるのね」

「それは商売でございますから。……いやどうも、妙なことを伺いまして、まことに失礼をいたしました」

　この男の指は木のように固く、節子の白いなよやかな肉に喰《く》い入る痛さには、時として目のさめるような鮮烈な快感がある。節子は時折、その指から旭《あさひ》の光りの放たれるような幻想を持つのである。

　良人が仕事の関係の外人の夫婦を或る料亭《りょうてい》に招き、節子も良人と一緒にそこへ行った。外人の夫婦はどちらも白髪が美しい。

　節子の社交は申し分がなかった。言葉はそう自由ではなかったが、その心づかい、その微笑、その控え目な態度、すべてが客の居心地のよさにあずかった。宴が果てて家へかえる車の中で、良人が感謝のあまり、節子に贈物をしたいと言い出し、さまざまな品物の名をあげた。節子は笑って受け流した。何も欲しくなかったからである。こんな物柔らかな念入りな拒絶に接して、良人は何か誤解したらしかった。彼は一瞬、良心を呼びさまされたような面持《おももち》をした。その晩良人は久方ぶりで節子を求めた。節子は悠揚《ゆうよう》たるものがあった。今まで一度として良人を拒んだことのない彼女だったが、この晩に限って、拒絶の堂々たる名目がみつかったのである。

「お礼なんていやよ」と節子は言った。「今夜の宴会だって、私は当然のことをしただけですもの」

こう断わられると良人は果して執拗《しつよう》になった。日頃《ひごろ》の睡気《ねむけ》も忘れてしまった。彼は妻がほんの一寸《ちょっと》、勿体《もったい》をつけているにすぎぬと思ったらしかった。

はじめての拒絶であるのに、節子の拒絶は堂に入っていた。決して激せず、逆らわず、微笑を含んで、水の中で解《ほど》けた帯のように巧みに逃げた。

「一体君は何が欲しいんだ。本当に何も要らないのか」

その答は、節子自身永く考えていたもので、これほど優雅な復讐《ふくしゅう》はなかった。

「へんな方。私ってただ、おそばに居るだけで幸福なんだわ」

旅のあとの最初の土屋との逢瀬《おうせ》はたのしかった。目を見交わしているだけで、旅の記憶の細目が心に溢《あふ》れた。

土屋は薄色の上着の下に、胸のひらいた黒いポロシャツを着ていた。節子がネクタイをそう好きでないと言ったのを憶《おぼ》えていたのである。彼の可成《かなり》太いしっかりした首が、腕まくりをした腕のように、そのひらいた襟《えり》から抜きん出ていた。節子はその頸《くび》を愛した。このごろでは好きなものをすぐ口に出す癖がついていたので、早速彼女はその頸を賞《ほ》め、青年がやや顔を赤らめるのを快く眺《なが》めた。そして土屋はすぐさま節子の脚を好きだと言った。節子はこれほどまでに自然な礼儀作法のやさしさに酔っていた。

今まで自分の好みをあまりあらわに言わなかった土屋が、この日はじめてそれを言って節子を喜ばせた。彼はこの頃時花《はやり》の、全く筋目のないストッキングがきらいだった。ストッキングのうしろの焦茶《こげちゃ》の竪《たて》の線は重要だった。それがなければストッキングの値打も、美しい脚の値打も、半減すると言ったのである。——節子は家にある筋目なしのストッキングを、みんな捨ててしまおうと思い立った。幸いにも今日穿《は》いているストッキングには筋目があった。

食事のあとで土屋は都心を離れた宿へ節子を案内した。入口で女中は土屋に、はじめての客のように応対をした。そういう宿では、どんな馴染《なじみ》の客にもそういう応対をするのだということを、まだ学んでいなかった節子は、少し固くなっているようにみえる土屋にも、不愛想《ぶあいそう》な女中にも、等しなみに好意を感じた。通された洋間は、迂回《うかい》した廊下のつきあたりで、小さな池に面していた。

その池で鯉《こい》の跳ねる音を節子はきいた。土屋がカーテンを閉めた。節子は凭《よ》りかかりのない洒落《しゃ》れた小椅子《こいす》に坐《すわ》っていた。青年が背後に立って、彼女の背中のホックを外しはじめた。一つ外れた、と節子は思った。二つ外れた。彼の指が節子のうしろの髪をそっと持ち上げるのを彼女は感じた。ホックは皆外れ、節子のやさしい優雅な肩から背はあらわになった。

節子は自分のいかにもなだらかな美しい肩の線を、心に思い描く必要がなかった。土屋の唇《くちびる》が、その線を忠実になぞったからである。やがて彼の燃えている粗い頬《ほお》の肌《はだ》が背中にさわった。

いつかしら、男は彼女の背にぴったり身を着けて立っている。そして胸から上だけをかがめて節子の頭を、うしろから包むように掻《か》き抱いている。彼の息が節子の髪のなかを吹き迷うている。節子は突然背中の肌に、彼の愛のしるしを感じた。……

かえりに、二人は近辺にちかごろ出来た小さなナイトクラブへ行った。そこへ行く道は暗くて鋪装《ほそう》もなく、道ばたに材木置場があったりする。ぼんやりした外燈《がいとう》の灯《ひ》だけが足もとを照らしている。

節子は立止って、身を捩《よじ》って、自分の背後の地面を見た。そして土屋にこう言った。

「ねえ、靴下《くつした》の線がよじれていないこと」

土屋は微笑して、すぐさま背後にまわって深くうつむいた。

「うん、よじれていないよ」

これは節子にとって甚だ幸福な、口につくせぬ瞬間であった。

第十一節

土屋は決して未来を誓わなかった。良心的だからなんだわ、と節子は思った。又規則正しいあいびきをする男で、矢も楯《たて》もたまらぬくらい急に会いたくなったりすることはないらしかった。それは多分彼の不規則な仕事が忙しすぎるので、恋のほうに規則と秩序とを与える必要があったからであろう。しかし旅へゆく前に節子が感じた危《き》惧《ぐ》、一度身を許したら捨てられるかもしれぬという危惧は、おいおい全くの取越苦労にすぎなかったことがはっきりした。まことに道徳的なこの青年は、そんな振舞に出る筈《はず》がなかった。

こういう良心的な諸条件から、もし望めば、節子は何かと嫉妬《しっと》の理由を探し出すこともできたであろう。しかしそこまで行くにはまだ遠かった。

一つの峠を越すと、恋も亦《また》、一つの家を見つけるようになる。感情の家庭が営まれる。会わずにいるあいだのお互いの動静は何も問わずに、一つの透明な、目に見えぬ家に、あいびきのたびに住むようになる。まだ土屋に対して嫉妬していはせぬくせに、節子は土屋が良人《おっと》に対して何の嫉妬もあらわさぬのを不満に思った。

土屋はというと、この点では全く前と変りがなかった。（よく考えると、あらゆる点で、土屋は前と変りがなかった。）節子が良人の話をするのを喜び、良人の滑稽《こっけい》な癖などを真似《まね》するのを喜んだ。彼は無邪気に、中学生のようにお行儀わるく口をゆがめて笑った。そしてその土屋の笑いを、勝ち誇った笑いだと忖度《そんたく》しようにも、彼が良人をどれくらい真面目《まじめ》に敵扱いしているか疑問であった。

この青年には何か情熱の法則を免《まぬ》かれているようなところがあった。節子が読書に親しまないことは最初に述べたが、わずかに読んだ数冊から判断して、このような場合を描いた小説の中の恋人に、彼ほど似ても似つかぬ男はなかった。なるほど容姿は節子の好みに叶《かな》い、そういう登場人物らしかったかもしれない。しかし彼の感情の動き、彼の反応、彼の行動、彼の情熱、……すべてがいかにも小説的な規矩《きく》を外れていて、そのあまりの落着きようは、端倪《たんげい》すべからざるものがあった。

節子は女らしい目でしか恋人を見なかったから、そこに何も発見しない。もし知的な女が土屋を見たならば、こうした彼の因《いわ》れのない感情の無力感に、正に時代の児《こ》の特徴を読み取ったかもしれないのである。

あいびきを重ねるにつれ、節子はときどき土屋が宿を変える、その仮りの宿々での、さまざまな小事件を知るのだった。それこそ節子のはじめて知った社会である。廊下で会うとあわてて顔を隠す女客。何事かホテルの前に急に到着する救急車。それから廊下のいさかいとけたたましい泣き声……今居るのはホテルなのか病院なのか、わからなくなる時があった。

部屋の中でも小事件はひっきりなしに起った。たとえば帰りがけに顔を直しているとき、何かの加減で棒紅が流しに落ち、それが日本で入手のむつかしい棒紅であったために、ホテルの営繕係を呼んで、大さわぎをして鉄管の曲り目から、その棒紅をひろい上げた事件。……思い出を富ますために、どんなにいつも、偶然がいたずらをしてくれるか計り知れない。

又ある夜、部屋でジンフィッズを注文する。女中がもってきて戸を叩《たた》く。節子は寝床にいるところを見られるのを厭《いや》がって、女中を室内に入れさせない。土屋が戸口までとりに行く。しかも戸口から中をのぞかれるのを怖《おそ》れる節子が、部屋のあかりをすっかり消さなくては、土屋を戸口まで行かせない。

土屋は二つのコップをのせた盆をうけとる。うけとるまでは廊下の仄明《ほのあか》りが洩《も》れている。うけとって戸を閉めてしまうと、室内は真の闇《やみ》である。

「いつかの停電の晩を思い出したわ」

と寝台《ねだい》の上から節子が言った。

「うん」

と土屋が答えるか答えぬかに、片手でスタンドのあかりをつけようと手さぐりしていた彼は、つまずいてスタンドを倒し、スタンドの電球はもげ、ショートして紫光を放ち、同じ差込みから通じていたラジオも扇風機も忽《たちま》ちとまり、床にはジンフィッズと檸檬《レモン》の薄片がこぼれて、……しばらくは何もかも、滑稽な後始末に終るのであった。

嘘《うそ》がひとたび生活上の必要と化すると、それはまるで井戸水のように、渋滞なくこんこんと湧《わ》いた。節子は自分の持っている嘘の能力の豊かさにおどろいた末、自分を一種の天才のように思ってしまった。かつての感じ易《やす》さは消え、どんな感情の危機をも乗り超える堅固な表情が身についた。もし良人がいささか敏感であったとしても、空想上の恋をしていたころの節子を却《かえ》って怪しみ、今の節子を却って怪しまなかったにちがいない。

旅へ行く前、節子をあのように苛《さい な》んだ道徳感は、実はそうではなくて、ただ生活の秩序が変貌《へんぼう》しつつあるときの、内的な異和感であったかもしれなかった。一度新たな秩序がととのうと、もう道徳が彼女をおびやかすことはなくなった。どうしてこのままやって行けない筈があろうか？

ついぞ行ったことのない菊夫の幼稚園へまで、節子は菊夫について行ったりした。清浄な、聖母的な母親と思われたさに、化粧を薄目にし、香水を控え、地味な着物を着た。

その帰り道、手を引かれて歩いている菊夫は、しきりに道ばたの砂利を蹴散《けち》らかしたりして機嫌《きげん》がわるい。どうしてなの、と節子が訊《き》いた。菊夫は今日の母がいつもより汚なく見えると言うのであった。

それではどんな時のお母様が好きなの、と重ねて尋ねられて、菊夫が答えた答は節子をおどろかせた。彼が好きだという母の服装は、この間土屋とのあいびきに出掛けた日のものだった。

今年はめずらしいほどの空梅雨で雨が甚《はなは》だ乏しい。そういう暑い一日の夕刻、良人が勤め先から電話をかけてきて、約束の会合が流れたから、街中《まちなか》で一緒に食事をしないかと誘った。節子は断わる理由がなかった。

このごろとりわけ節子には、良人のいつも上機嫌な顔が、気に障って仕方がなかった。常に感情の平衡が保たれていて、妻の前で思い悩んだ顔を見せたことのない良人が、気ぶっせいに感じられて仕方がなかった。節子は今日こそ良人が、思いがけず、すべてを知って打ちひしがれた孤独な淋《さび》しい顔をして彼女を迎えることを夢みた。この空想は節子の気に入った。

しかし待っていた良人はあいかわらず朗らかである。そしてすでに来ている夏のために、今年も亦、菊夫を避暑にやらねばならぬと言った。一家は親ゆずりの別荘を持っていた。

節子はこのことあるを覚悟していた。たとえしばしの別れだとしても、土屋と土地を隔てて暮さなければならぬ。……海のほとりの土地で、週末毎《ごと》に泊りに来る良人を迎えなければならぬ。……それを致し方のない義務だと思うと、節子は強《し》いて異を樹《た》てなかったが、今度土屋に逢《あ》うとき、彼女はきっとこのしばしの別れを、ドラマティックに誇張するだろう。

夫婦はエア・コンディションのある店で食事をした。するとこの人工的な涼しさは、感情の真空状態によく似合い、節子は自分の言っていることが、誰《だれ》か他人の口真似《くちまね》にすぎない空々しさを忘れた。良人はよく喰《た》べた。節子の心は良人の食慾《しょくよく》をさえ許していなかった。大事が起っているのに、この平然たる食慾は何事だろう。

食事のおわったあと、散歩をしている二人の目は、たまたま町角に掲げてあるホテルの広告に止まった。それはすでに節子が一度行ったことのあるホテルである。

「東京のホテルなんて、東京住いの人間には意味がないね」

良人がどうしてこんな子供っぽいことを言い出したか疑問である。

「さあ、だってあれはアベック・ホテルでしょう」

と節子が言った。

「よく知っているね」

「だって広告を見ればわかるじゃないの」

五六歩更に行くと、節子は言った。

「私、浮気《うわき》をしてもよくって?」

彼女はできるだけ軽薄を装ったつもりである。

「さあ、僕のとやかく言うことじゃないと思うね」

いかにも穏和なこの返事は節子の心を凍らせた。

避暑へ行く前の最後のあいびきは、節子にとって、一種の自作自演の機会であった。彼女は男にも別れの辛《つら》さを巧《うま》く演じさせようと努めたが、土屋はそれを大そう下手に演じた。それればかりか、もう十日もすれば東京が恋しくて帰って来るんだろう、と言ったりした。

微妙な自尊心の痛みが節子を刺していた。今夜はじめて、彼女は自分の感情の打算を感じた。土屋が恋している以上に恋してはならぬという打算。今まで節子はこんな調整の必要を感じたことがなかった。しかし今夜は、土屋が、彼女が当然妥当だと思っている感情の高みにまで登って来ようとしないのにいらいらした。今夜こそ土屋から、或《あ》る程度の「別れの辛さ」を期待するのが、節子の当然の権利だと思いながら、彼女はまた、自尊心を傷つけられぬ用心をして、私のこの「別れの辛さ」はみんな芝居なのだ、と誇張して考えた。しかも芝居のほうが自然な感情よりもはるかに楽だった！　この別れの辛さを演じることは、いかにも楽だった。

彼らははじめての宿へゆき、中庭の葡萄棚《ぶどうだな》の眺《なが》め下ろされる部屋を借りて、東京の街の灯《ひ》を眼下に見た。その街の灯にもしばしの別れだと思うと、節子はそれを美しく感じた。ホテルの水道管が奇妙な音を立てていた。窓をあけても、暑さは同じであった。床へ入る前に、ひととおり訓誡《くんかい》を垂れるのが節子の癖だった。いろいろと土屋の無感動をたしなめ、いずれは必要になる「別れ」という言葉に自分を馴《な》らすため、且《か》つは土屋を少しでも不安にさせるために、「別れ」という言葉を沢山使った。しかし事面倒になるといつも土屋がそうするように、彼はその唇《くちびる》で節子の喋《しゃべ》っている口を封じた。

彼女はこの瞬間、色情の裡《うち》にひそむあの永遠の、癒《い》やしがたい不真面目さに直面した。現実の煩雑《はんざつ》な、また厳粛な問題のかずかずに、のこらず目つぶしを喰《く》らわせてしまう不真面目さを。……節子は拒もうとした。しかし果さなかった。そしてこんなにも多くの配慮と気むずかしさと、潔癖さとにみんな逆らって、今埋もれてゆく世界の豊かさに身を委《ゆだ》ねた。

そのあげく、今まで比較してはならないと思っていたものに、節子ははじめて心ならずも比較した。土屋は良人の与えなかったものを確実に節子に与えたのである。

かれらは自然に裸かだった。何の誇張も、何の見せびらかしもなしに裸かだった。扇風機を厭《いと》うて開け放した窓から、快い夜風と共に、遠い電車の響きや、自動車のクラクションや、それにまじる喚声の波を聴いた。土屋が窓に立って、煙草《たばこ》を吹かしながら見下ろしていた。節子はカーテンで身を巻いて、そのそばに立った。

喚声はホテルの庭よりも一段低い小学校の校庭でひらかれている、相撲大会のそれである。土俵のところだけ、あかりが円をえがき、仔犬《こいぬ》のように人間の組み合っている姿が遠く小さく見える。それが影の中へ崩折《くずお》れる。するとどちらかが勝ったのである。その二人の見分けはつかず、どちらが勝ったかもわからない。

「あなたって何も不安がないのね。私一人不安を持ってびくびくしていなければならないのね」

「そんなもの、捨ててしまうんだな」

と土屋は言った。

更に土屋はこう言った。

「君の御亭主《ごていしゅ》には不安がありそうかい」

「……それが一つもないの。本当にひとつもないの」

土屋は歯をあらわして芯《しん》から愉《たの》しげに笑った。節子は言葉を継いだ。

「でも倉越《くらこし》の不安のなさと、あなたの不安のなさとはまるでちがうわ。あなたは何もかも感じて、何もかも知っていらっしゃるくせに、それでいて不安がないんだわ」

「ずいぶん買い被《かぶ》ってくれるんだな」

土屋の煙草の煙は、停滞した夜風のために、彼の裸かのまわりに懸っていた。彼は肉、不真面目な肉の固まりだった。もしくはそういう自負だけの男であることを、無理にも装っている必要のある人間だった。

「あなたと私との間には……」

と節子は言いさして口をつぐんだ。土屋はそのあとを訊かなかった。そこで言葉は彼女の心に沈澱《ちんでん》した。

土屋と自分との間には、何の邪魔物もないことを、そのとき節子は直感したのである。何の邪魔物もない。節子は自分が待ちこがれているものは他《ほか》ならぬその邪魔物であり、自分を救いに来てくれるのも他ならぬその邪魔物であるような気がする。しかしそれは存在しないのである。

節子は言いさして、全く別の言葉を言った。「あなたが思っていらっしゃるより、私って自由なんだわ」

第十二節

実のところ節子は、もしか土屋が、良人《おっと》を離れた彼女のところへ入りびたりになって、せまい避暑地を醜聞でいっぱいにする事態を怖《おそ》れていたが、もとより良識ある彼はそんな行動に出ず、たまさかの節子の帰京を待つ手筈《てはず》になった。節子がそのあまりな円満な常識をなじると、土屋は忽《たちま》ち心理学者になって、逢《あ》いすぎることによって情熱をすりへらす愚かさから、彼が忍耐を以《もっ》て彼女を救い出そうとしている親切を自讃《じさん》するのであった。

節子は海や日光や風や、すべて官能に愬《うった》える自然が好きだったから、忍耐や親切という言葉に、おそるべき人工的なものを見た。真率な彼女はたとえ快楽を高めるための技巧をも軽蔑《けいべつ》した。

土屋のいない土地で、海の波や風にむかって、節子はまことの恋する女になった。微妙な変化というべきだが、土屋がもしここにいたら、彼女の恋の純粋な性質は毀《こぼ》たれるような気がして来たのである。

東京を離れて最初のあいびきの日が近づいて来た。その日は格別に新らしい日のように思い做《な》された。その日からこそ、節子の望んでいたもの、本物の情熱、本物の恋、本物の気違沙汰《きちがいざた》がはじまるべきであった。彼女の心の表面は倦怠《けんたい》を忘れていたが、決してそれに対して警戒を解いてはいなかった。そこでどんな種類の倦怠も寄せつけぬ鉄壁の構えを夢みていたわけであるが、その結果節子は情熱のほしいままな流動よりも、情熱の状態の停滞を望んでいたと云《い》うほうが当っている。そして、……そんなものが有り得ようか？

節子はその必要が今までなかったので、このごろ時花《はやり》の、月経の時期を早めもし遅らせもする便利な薬品の存在を知らなかった。知っていても彼女は、そういう人工的な薬品を嫌《きら》ったかもしれない。実のところ、良人に対して節子が最初の軽蔑を感じたのは、彼が避妊《ひにん》の人工的な手段に熱心すぎたからであった。その点土屋の無為無策は、彼女に並々ならぬ信頼を託しているように思われる。

前にも云うように、節子の月経は遅れがちであった。晴れた日や曇った日の不規則な交代のように、その週期の不規則なためらいに、彼女はいつも自分一人の、誰《だれ》にも容喙《ようかい》されない、小さなやさしい運命を見た。たのむ日の晴雨を占うように、計算せずに、それを占った。この月の月経は思いのほかに遅くはじまり、彼女は又はじまると永くつづく性質《たち》で、明日があいびきというのに終る気配はなかった。

あいびきの場所は、節子が今居る土地と東京との丁度中間にある海岸の小さなホテルである。前からそこに一度泊ってみたいと思っていたが、序《つい》でがなかったので、今まで果せなかったのである。

その日、節子が行くと、土屋は水着の姿で、ホテルの庭つづきの騒がしい砂浜で待っていた。彼は灼熱《しゃくねつ》の陽《ひ》を浴びて眠っていた。戦死者のように、頬《ほお》にいっぱい砂をつけて。

節子は上からこれを眺《なが》めて、彼の五体の占めている空間と、彼と会わぬあいだにひろげていた恋の空間との、あまりの差におどろいた。一人の人間が別の人間にとって必要である度合、その度合によってどんなにでも不公平になる世界を見た。実のところここ数日、節子は肉欲に苛《さいな》まれていたのだが、こうして目の前に眠っている土屋を見れば、彼女には自分の愛が決して肉体的な愛だけでないという確信が生じた。そして他《ほか》ならぬこんな確信から節子の無恥がはじまるのである。

土屋は目をさました。眩《まぶ》しげに、しかし平静に笑った。これが逢瀬《おうせ》のいつもの挨拶《あいさつ》であった。

すでに水着に着換えている節子を見て、一緒に泳ぎに行こうと言った。節子は拒んだ。もう一度誘う。又拒む。そうしてとうとう、今日は水に入れないのだ、とはっきり言わなければならなくなった。それをきいた土屋は顔を曇らせ、節子は節子で、彼の察しのよさよりも、その表情の現金なことに多少驚いた。

その晩節子はホテルに土屋と泊った。夜は長い散歩をし、足もとに忍び寄る波の穂先に濡《ぬ》れた。部屋へかえってからもラジオをきき、ゆっくりと食後の酒を呑《の》んだ。いつもは土屋が急ぐのに、今夜は時間を宰領するのは節子であった。

こうしてこんなめったにない機会をとらえて、節子は土屋の全く精神的な愛情の強さを試そうと思い立ったのである。今夜に障りのできたことを、二言三言詫《わ》びはしたが、土屋の屈託を見ると心が穏やかでなくなって、あなたの愛しているのは体だけなのかという言葉が出かかった。しかしそれを口に出してはおしまいである。節子はそんな言葉に応じて、いつわりの情を見せる土屋を想像することがいやである。それでいて節子は、諦《あき》らめた土屋の平静な表情を見ることもいやなのであった。

夜が更《ふ》けるにつれて波音が高く、風の向きがちがうので、折角開け放した窓の網戸からも風の訪れはなかった。落着いて煙草《たばこ》を吹かしている土屋を眺めると、節子にはまた、今夜の障りが彼にとって何ものでもなく、彼の屈託はただの礼儀ではなかったかという不安が生れた。

彼らは子供のような平和な共寝をする筈《はず》だったが、灯《あかり》が消されると、節子を抱いている青年の息には苦しみがまじってきこえ、この苦しみは半ばは女を喜ばせ、半ばは不憫《ふびん》な気持にさせた。節子は今自分がいたわってやらなければ命の覚束《おぼつか》ない人のように土屋を感じた。

彼女は突然荒々しい素振に出た。そしてかつて良人が強《し》いたが頑《かたく》なに拒んだことのある愛撫《あいぶ》を、一度もそれを求めたことのない土屋に与えた。彼女がそれについて描いていた忌《いま》わしい幻影はきれいに拭《ぬぐ》われ、このいとおしさの潮《うしお》のなかでは、何もかも清浄無垢《むく》になってしまった。

……これが本物の情熱だろうか？　これが一体狂態だろうか？　何を基準にしてそう云うべきか、小説を読まない節子は、本物の基準の求めようがなかった。不本意なこととては一つもなく、今や彼女の官能は満ち足りていたのに、狂態と呼ぶには程遠く、そこにはただ自然な流露のよろこびが在るにすぎなかった。このよろこびに於《おい》てすら、節子はいつもよりも孤独であった。

朝、節子の障りは終っていたので、もう何の顧慮もなく身を委《ゆだ》ねることができた。

事の果てたのち、土屋の体には一刷《ひとは》きの名残の血がついていた。節子はそれを土屋によって傷つけられて流れた血のように想像した。やさしい小鳥の血。……ひたすら土屋のために流された血のように。

夏のあいだ、何度かこのホテルで二人は会い、やがて秋になって節子は菊夫と一緒に東京へ帰った。来る秋は彼女の心に、ここ半年《はんとし》にちかい肉の恋の閲歴を、しみじみと振返らせた。逢瀬毎《ごと》の土屋の顔を重ねてみる。するとそれは同じ原版から焼増した写真のように、寸分のちがいもないのである。

彼はいわば感情の怪物だと節子は思った。この不動、この平静、このいつに渝《かわ》らぬ態度は只事《ただごと》ではなかった。それにつけても歩一歩深みに入ってゆく節子のほうは、だんだんに土屋から、あるいは土屋の実体から離れて、自分一人で描いた空想の領域に住むようになった。しかしこんな空想は、肉を知るまでのそれとはちがっていた。土屋を目の前に置き、土屋の体に触れながら、そして彼の不在のあいだも、彼の声のひびきや匂《にお》いばかりを追い求めながら、節子は忽ち夢みていた。男は物馴《ものな》れた看護人になり、夢遊病患者を扱うように女を扱った。この患者は、彼の目の前に在ってあからさまに彼を夢みており、しかも又、決して彼を直視する気づかいはないのである。患者が目をさまさぬように、男は彼女のまわりを、やさしい言葉づかいで、平静な動作で、いつも足音をしのばせて歩くのであった。

……こうは云っても、この夏の思い出は節子の心に美しく育った。海の夕方。色づく雲。点々とうかぶヨット。一日中ホテルのサーフ・ルームにいるさびしい外人の老夫婦。岬《みさき》の先端の粘土いろの平らな岩に腰かけていると、波が岩のおもてを薄く辷《すべ》って来て、忽ち足もとの小さな洞《ほら》から、おどろな音を立てて迸《ほとばし》り、引いてゆくさま。風景画を描きながら、節子は肉慾《にくよく》を描いている。それは同じ絵具で足りるのだ。そしてそれらの風景を吹きめぐる海風には、土屋の肉の匂いが充《み》ちあふれていたのである。

節子の内部に累積《るいせき》されて来た肉の記憶を何に譬《たと》えようか。いずれにせよ、彼女自身にとってもこれははじめての経験で、他に比べるものがなかった。節子の官能には、すでに土屋でなくてはならぬという条件が加わっていた。しかし当然のことながら、土屋が、土屋でなくてはならぬという愛され方をすればするほど、彼の普遍的な男としての肉体的な役割は重みを増し、土屋はますます無名の男になったのだった。節子が「土屋でなくては」と思うとき、それが正確にどういう概念を示していたかは不明である。彼が他の男とちがう点だけを、節子が愛していたということはできなかった。個性を愛することのできるのはむしろ友情の特権だからである。

節子は土屋の名を衍用《えんよう》したのだった。あの深い忘我の感覚の中で、およそ日常のどんな心の動きもそれにふさわしくなくなるような感覚の中で、彼女はその感覚そのものを土屋の名で呼ぶのに馴れ、かくて彼の名を、もっとも秘密の名に変えたのであった。こんな感覚をもう他の名で呼ぶことはできない。正に

「土屋でなくては……」！

このごろでは土屋と部屋に二人きりになり、扉《とびら》に鍵《かぎ》がかかると一緒に、その鍵の音で節子の情緒は忽ち目ざめた。恥かしさからそれを隠して、殊更《ことさら》長い愛撫を求めるのだが、土屋はすぐさまそれに気づいて、不要な時を移さぬまでになっていた。節子は土屋の肌着《はだぎ》をさえ愛した。彼の若い裸かの肩に手を触れただけで、火に触ったように感じた。彼の肉はただ、節子の欣《よろこ》びのためにだけ生きていた。……

第十三節

秋の一日、節子はいつも土屋と待ち合わせる店で待ち合わせた。土屋が来る。間もなく与志子から電話がかかり、節子は人の出入りでさわがしいカウンターのかたわらの電話口へ立った。与志子にだけは土屋との待ち合せの場所を打明けていたのである。

与志子の電話は急用ではなかった。しかし、しきりに節子の平静な恋を羨《うら》やみ、このごろ自分が冷たくあしらうにつけて、狂気の振舞をする男の処置に困っていた。近いうちに節子にそのことで、相談に乗ってもらいたいと与志子は言った。

この電話に出て、席へ戻《もど》って来て、節子が見る土屋の顔は、電話の話と好個の対照をなしていた。縦から眺めても、横から眺めても、この青年の顔には狂気の片鱗《へんりん》もなかった。

その晩の食事のとき、節子はすぐかたわらの背中合せの席に、あとから入って来て坐《すわ》る男を見た。ちらと見ると良人《おっと》の同僚である。まだ料理の注文もしないのに、彼女は土屋の耳に、クロークのところで待っていると告げ、身をひるがえしてそこを出て行った。そしてあとから来た土屋に、食事の店を変えようと言うのであった。土屋は怪訝《けげん》な顔をしていた。節子のこんな懸念《けねん》、こんな狼狽《ろうばい》は、およそ常識の域を脱している。よその男と一緒に食事をしているところを見られただけで、何が人妻の不名誉になるだろう。

彼はしきりに笑ってそれを言ったが、節子は生真面目《きまじめ》な堅い表情をしていた。逃げたあとで節子自身も、この狼狽の理由のなさに気づいていた。最初の旅のホテルでの、あんな理由のある驚愕《きょうがく》に比べると、今の狼狽はすべてがその拙《つた》ない模写にすぎなかった。

節子は何を模写しようとしていたのであろう。あのホテルでの驚愕をなぞって、それを再現して、そうしてもう一度あの危険に充《み》ちた初々《ういうい》しさを？……彼女は良人の同僚の姿を見たとき、この模写の機会をつかみ、土屋が自分と一緒におそれおののいてくれることを期待していた。しかるに土屋は笑っていた。別のレストランへ歩くあいだも、しばしば節子の顔をのぞき込んでは笑っていた。

節子はその笑いを残酷に感じた。しかしただ一つ確実なのは、あのホテルの時分よりも、今は格段に彼女が土屋を必要としているということであった。

その晩馴染《なじみ》のホテルの一室で、節子は食前のお祈りのように、お説教口調で思いがけぬ告白をした。それは決して良人にも土屋にも打明けまいと決めていた秘密、あの旅行前におろした子供についての告白である。土屋は甚《はなは》だ神妙な面持《おももち》でこれを聴いた。この告白には悲劇的な調子があった。窓辺の虫の声がその調子を強めた。しかし口下手な土屋の慰めは、ひたすら節子に接吻《せっぷん》して口をつぐませることだけで、節子が又そのたびに念入りに唇《くちびる》で応《こた》えるので、長い物語はしばしば中断された。

節子の心には秘密を入れておく抽斗《ひきだし》がそう沢山はなかった。一つの新らしい秘密が生れると、前の秘密を蔵《しま》ってはおけなくなった。一つの新らしい秘密。……節子は今月の月経が待っても待っても来ぬ不安を、土屋に隠していたのである。

一週間たつと節子の不安は只事《ただごと》ではなくなった。買物と称して、一人で街をさまよい歩いた。そのとき節子は、向うから異様な人物の歩いてくるのを見た。うららかな日であるのに、マスクをして、ソフトを目深にかぶっている。すれちがったとき、思わず節子はソフトの庇《ひさし》のかげをのぞいた。その男の鼻のあるべきところは黒々と落窪《くぼ》み、目はひきつれて歪《ゆが》み、眉《まゆ》はなかった。

一瞬にして男はすれちがったが、この奇怪な顔は深刻な印象を節子に残した。こんな印象をふり払おうとして急いで歩く。歩けば歩くほど、白昼の街頭に、あの陰惨な顔がまざまざと浮んで来るのである。

そのうち節子は誰《だれ》かからきいた英国の実話というのを思い出した。或《あ》る英国婦人が妊娠《にんしん》中にしばしば興味を持って読んだ物語に、指が一本余計な男が出て来て、そのことが折々心にうかぶうちに、生れ出た彼女の子は片手に指が六本あったというのである。この記憶は節子をぞっとさせた。

節子はタクシーに乗った。そして或る友だちの夫人の家へ行ったかえりがけに、送って来た夫人が坂下の病院を指さして、もし何かの時にはあそこの女医は大へん診断がたしかで親切だと言ったのを思い出し、そこへ向って車を走らせた。かかりつけの医者にかかるのはいやだったからである。

そこは女医が院長というのにふさわしく清潔な病院で、受付の態度がまず節子の気に入った。おそらく節子の身なりが大そう良かったせいで、院長が手ずから診察をした。九分通り妊娠が確実であるが、ためしに通経剤の注射をしておこう、七日たってなお月経を見なかったら、もう一度来るようにと院長は言い、節子は注射を受けた。

その日以来、節子は何ものかを待つようになった。待っているのは、今まで待ち暮していた月経ではない。潮の干満を司《つかさど》る月の諸力からもう見離されたことを彼女は感じている。待っているのは、土屋と彼女との間にはっきりと介在して来る一つの邪魔物である。すなわち二人にとって最も欠けていて、最も必要だった或る物である。それはまだ形を成さない子供そのまま、はっきり子供だと名指すことはできない或る物である。

五日たち、六日たち、危惧《きぐ》はいよいよ確かになった。食事の嗜好《しこう》が変り、急に季節外れのものを喰《た》べたくなったり、深夜にフレンチ・フライド・ポテトが欲しくなったりする。節子は今度こそ良人にこんな変化を見破られることを痛切に怖《おそ》れた。いっそ土屋に黙って掻爬《そうは》をしてしまおうかという気になる。又すぐ思い返して、土屋に十分話した上で、土屋の意志に委《まか》せようかという気になる。しかし躾《しつけ》のよい彼女はつらつら考えて、それを土屋に告げることが、脅迫がましくなったり、物欲しそうに見えたりするばかりでなく、もし土屋の口から中絶をすすめられれば、どんなにみじめな気持であろうと想像する。土屋に話す前にこちらの意志が決っていて、それに彼を従わせるのでなければならぬ。そのこちらの意志というのは、当然中絶の決心でなければならないから、そこに思いいたると、俄《にわ》かに節子の心には、土屋と自分との間の子供に関するさまざまな感慨と夢想が湧《わ》いた。

節子の魂が急に飛躍して、いずれ決った運命は運命ながら、自分や土屋やその子供を結ぶ絆《きずな》を、はっきりした遠近法で見得るようになったのである。いわば節子の魂は遠近法《パースペクティヴ》を獲得した。そして一度母としての悩みを悩んだからには、恋人よりもずっと高い見地に立つことができるという誇りを抱いた。追いつめられながら、こうして一種の自由を得た。土屋はただ欲望に於《お》いてしか、自分と関《かか》わりを持たぬように思われた。

節子は浄《きよ》らかな殉教的な気持になり、土屋の子の母としての職分を土屋のためになげうつということに、苦痛に充ちた喜びを感じた。それは恋人の役割を超えた自己犠牲であり、土屋が逆立ちをしても払うことのできぬ犠牲であった。その犠牲の、心に媚《こ》びるようないたましさと巨《おお》きさとで、節子は土屋を一歩抜《ぬき》ん出たように感じたのである。

こんな高貴な考えを抱きながら、一方、一向分析してみない道徳観の裡《うち》で、彼女が今度の明らかに「不義の子」を下ろすことを善だと感じていたことは、言って置かなくてはならぬ。いたましい迷い、とつおいつの思案のあいだにも、それはおぼろげに善と感じられていた。節子は目標を誤まらなかった。とうとうその善いことを実行する決心がついたとき、彼女は一瞬、何のやましさもない安堵《あんど》にぼうっとなった。

こんな安堵を得てから思い出す、あの街頭で見た怖ろしい男の顔は、それほど不気味でもなく、忌《いま》わしくもなかった。鼻と眉毛のない子は葬《ほうむ》り去られた。それこそその子当人に対しても、母親のできる最大の善行ではなかろうか？

もし生めば、きっと鼻と眉毛のない子が生れて来るにちがいない、と節子はもはや頑《かたく》なに信じた。ロマンチックな考えと表裏して、彼女は自分で裏切った美徳の報いをそこに見て、それを葬り去ろうとしていたのである。

……秋の空の高さ。そこから透明な光りの下に彼女は地上の絆を見下ろし、宰領し、解決しようとしている自分を信じた。いずれ土屋はこの問題について、薄汚れた、卑劣な、情ない考えをしか持たぬにちがいない。しかし恋人の心の醜さを見ずに、美点をだけ見ようとする態度に於て、節子の受けてきた躾は正しかったと云《い》わねばならない。

……節子はふいにうしろに菊夫の影を感じた。節子はふりむいた。そのとき、日灼《ひや》けのあとも残して、ここ半年のあいだに、見ちがえるほど大きくなった子供を発見した。『もうこんな子に接吻なんぞできはしないわ』と彼女は思った。今では菊夫に望んでいるのは他《ほか》のことだった。一日も早く大きくなって、この子が気高い態度で、母親を非難してくれればいいと思ったのである。
『この世でまっとうに私を非難することができるのはこの子だけだわ』
そう節子は思った。このままますべてが闇《やみ》に埋もれて、恕《ゆる》されてゆくと考えることは怖かった。

……土屋と二人で、ホテルの暗い露台に立って、かなたの街の夥《おびただ》しい灯《ひ》を見渡しながら、葬り去られる子供のことを語り合っているとき、節子はこの夜が永く思い出に残るだろうと疑わなかった。

露台の下には竹の植込みが夜風にさやいでいた。そのそよぎには雨の気配があった。街の夜景のおびただしいネオンは、曇った夜気に輪郭がややおぼろであった。

子供のことを話題にしていたから、二人が厳粛な気持になったなどというのは当っていない。こんな決心、こんな母性愛の放棄、まだ形を成さないこんな不幸な子の運命をも、節子は、あげてこの夜の抒情《じょじょう》的な装飾に使っていた。はじめて土屋と共にする嘆きが生れて、すでに彼女はそれをのがすまいとして、それにかじりついていた、と云うほうが当っている。

節子は少しも土屋を責めてはいなかった。そのことに関する土屋の察しのよさも亦《また》、おどろくべきものがあった。彼は黙ってきいているだけで、塵《ちり》ほどの狼狽も見せず、その結果として卑怯《ひきょう》な言辞も弄《ろう》さなかった。黙っているだけで、目の前で何もかも、型がついてしまったのである。

節子は二日のちの朝早く例の注射をした病院へゆき、掻爬をすませて、夜までそこで休んでから帰宅すると、風邪と称して寝込んだ。おそくかえった良人がしきりに医者を呼ぶと言ったが、軽い頭痛がするだけだと断わった。そのために売薬の風邪薬と、水の減ったコップとを、今嚥《の》んだ体《てい》にして、ナイト・テーブルの上に用意していたのである。

菊夫はすでに眠っていた。良人がかえるまでのあいだ、何気なしにナイト・テーブルの抽斗《ひきだし》をあけた節子は、久しく見なかった数枚の画《え》や写真を見た。それは土屋と今日のようになるまでは、ただ幻想と誇張だと思われたにすぎなかった。しかし見るうちに、彼女は今まで決して自分自身の姿を眺《なが》めたわけではないが、それが幻想でも、過大な誇張でもないことがわかって来た。そういう陶酔の事態はたしかに存在するのだ。それが今の節子には直感でわかるような気がする。

しかし今夜の、貧血質の沈静な気持で考えると、そうした陶酔は一度は節子の体をよぎりこそすれ、今日失われた子供と一緒に消え去って、二度とこの身に還《かえ》って来はすまいという安堵がある。自分は情欲《じょうよく》をのりこえたと感じる。その先には何もないように思われるが、今こうして寝床に身を委《ゆだ》ねていると、その何もない場所でしか、本当に休息することはできないという気がする。

たしかに何かが終った。土屋との間に最も必要であったもの、最も待たれていたもの、あの邪魔物の影がとうとう現われ、しかし影はわずかに射《さ》したばかりで消え、……このようにして何かが終った。……

第十四節

　あくる日も節子は、風邪が治ったと称して朝良人《おっと》を送り出すと、床に戻《もど》って、ひねもす体をやすめて過した。俄《にわ》かに疲労が出て、自分のぐぐり抜けてきた生活を、人間わざではなかったかのように感じた。甘美な思い出もみんな疲労の種子になった。そして今の休息の裡《うち》にこもる物倦《ものう》い甘美な疲れは、誰《だれ》にも犯されたくない、節子一人の発見した新らしい快楽であった。

　久々に節子は、庭に移る秋の日ざしを眺《なが》めた。それは繁《しげ》みから繁みへ、花をつけた木犀《もくせい》から、やがて刈られる木賊《とくさ》へ移った。秋の黒い土の、いかにも密度のある、湿った肌理《きめ》のこまかさを眺めた。するうちにこんな物静かな観照の態度こそ、一等性《しょう》に合ったもののように思い做《な》された。彼女は日時計に生れて来ればよかったのだ。

　人気《ひとけ》のない家、この我家における流謫《るたく》の境涯《きょうがい》、……これはおよそ生活というものではない。生きるということではない。しかしそもそも生きるということが、それほど必要不可欠なことであろうか？

西日の反射のはげしさを窓から受け、節子は寝間着一枚でも暑く感じた。そこであらわした肩を鏡に映した。自分の美しい肩はこうして孤立に満ち足りているのに、どうしてあのぞっとするような唇《くちびる》の動きが、肩の線をなぞって触れていなければ、自分の心にはこの美しい肩の存在が信じられないのか、納得がゆかない。自分の美しい肩と自分の心とは別物のように思われる。肉体はこうして自足しているのに、かえって心ばかりが渇いて、貪婪《どんらん》になっているように思われる。

西日がかげる、凪が出てくる。庭に夕闇《ゆうやみ》の兆《きざし》がさすと、節子は先程まであれほど清《せい》澄《ちょう》な内省的な心境であったのに、日ざしを失った日時計のように、忽《たちま》ち途方に暮れ、悲しみや悔いや迷いや怨《うら》みの、日頃《ひごろ》の渦《うず》の中へ又落ち込んだ。与志子のところへ電話をかけた。そして声の弱りを誇張して、病気で臥《ふせ》っているからすぐ見舞に来てくれと言った。節子は人に甘えるときにはいつも命令口調である。

与志子はすぐやって来た。病気の真相を告げられると、友達にだけ自然な無遠慮な態度で笑った。与志子は女にはめずらしい美徳を持っていた。聴手になることのできるという美徳を。

一通りきいてから、与志子は自分の不妊《ふにん》についてあからさまに話し、節子のいつも敏感な受胎を、動物的すぎると言って笑った。それにしても、月々の正常な障りこそ、自分の人間であることを保証してくれるのだと言った。

「毎月のあれって、厄介《やっかい》だけど、一寸《ちょっと》うれしいものね」

と与志子は言った。節子はこの瞬間、与志子を、娼婦《しょうふ》の病気を見舞に来た娼婦の友だちのように感じた。

……与志子の陽気さには、病人の気を引立てようとする附合心《つきあいごころ》以上に、何か装ったものがあった。節子がとうとう、土屋を一言も責めなかったということを、聖女のような口調で語りだしたとき、与志子は我慢がならなくなったらしかった。

「それで土屋さんは、きのうあなたが手術をしたことを知ってるの？」

「いいえ、知らせてないんですもの」

「そう……それならまあ……」

と与志子は言葉を濁した。節子がそのあとを執拗《しつよう》にたずねたので、

「それならまあいいけれど、ゆうべ私、ナイトクラブで土屋さんを見たわ」

節子には、まだこれはさほどの衝撃ではなかった。そこで冷静に疑ってかかった。

「だってあなた、土屋さんにお会いになったこともないのに、わかって？」

「わかることよ。何度もあなたに写真を見せられているんですもの」

「どなたと御一緒だったの？」

与志子はこの質問を外した。

「私の隣りの席だったわ。すぐわかったわ。こちらだけ知っていて、むこうが知らないのっていい気持ね。土屋さんって、写真から想像して、どんな声の人かと思ったけれど、想像していたとおりの声だったわ」

「お連れはどなた？」

と節子は重ねて訊《き》いた。与志子は手短かに、或る女優の名だけを言った。それはいつか土屋と旅行の約束をしたとき、垣間《かいま》見た例の女優の名である。節子はいそいで土屋のために弁解をし、辻褄《つじつま》を合せた。

「私がきのう手術をしていると思えば、あの人だってそんなところへ行きはしないわ。遊ぶのは仕方がないわ。私ほどでなくても、あの人だって不安なのよ、きっと」

節子には与志子に隠していることが一つあった。土屋は手術の日をしかと知ってはいないが、この前の逢瀬《おうせ》の節子の口占《くちうら》から、大体昨日であるらしいことは、想像がついている筈《はず》だったのである。

その後、与志子が自分の情事のわずらわしさを話し、一度その男に会ってくれないか、第三者の意見が一等よく利《き》くと思うから懇々と話してくれないか、と相談をもちかけているあいだ、節子は上の空で、瞼《まぶた》の肉ばかりが動くのを感じていた。与志子が帰ったあとで節子は泣いた。あくる日一日は本当の病人になって、偏頭痛に悩んだ。一旦《いったん》獲得した超越的な境地も徒《いたず》らになった。生れてはじめて嫉妬《しっと》を知ったのだ。

節子はそれから何度土屋に電話をかけようとしてはためらったかしれない。手術の日も知らせず、この次の逢瀬に涼しい顔をして、その結果だけを告げようという目論見《もくろみ》も水泡《すいほう》に帰した。今さら土屋に、電話で手術の結果を知らせるには当らない。又一旦電話をかければ、どうしても、ナイトクラブの件を責めないように自制することは覚束《おぼつか》ない。電話をかけて得なことは一つもない。それでも節子は、心は憎しみに湧《わ》き立ちながら、一言《ひとこと》でも土屋の声を聴きたくてならないのである。

彼女がこの年になってはじめて知ったことだが、嫉妬の孤立感、その焦躁《しょうそう》、そのあてどもない怒りを鎮《しず》める方法は一つしかなく、それは嫉妬の当の対象、憎しみの当面の敵にむかって、哀訴の手をさしのべることなのである。はじめから、唯一《ゆいいつ》の癒《い》やし手はその当の敵のほかにはないことがわかっている。自分に傷を与える敵の剣にすがって、薬餌《やくじ》を求めるほかはないのである。

しかしながら節子はよく自制した。土屋を憎み、土屋の声にこがれながら、よく自分を抑えた。この苦しみに比べれば、搔爬《そうは》などはものの数ではなかった。

このことから、まことに繊細な節子の肉体に、(敢《あえ》て精神と云《い》わずに肉体と云おう)或《あ》る力の自信が生れた。それは極寒の地方に住んだ人が、寒さに対して得る自信のようなものである。『私にはいつのまにか、これほどの苦しみにも耐えられる力が備わっていたんだわ』と感じること。

第十五節

与志子がとある午後の時間を節子に割《さ》かせて、自分の情人の飯田《いいだ》という男を節子に引合わせた。節子にこんな紹介は一向にありがたくない。会ってみると飯田というのは、四十にちかい野暮な風采《ふうさい》の男で、与志子の趣味のほどが疑われた。それは節子にとって、最も魅力のない類《たぐ》いの男であった。しかしつつましい節子はこんな感想を顔には出さず、このごろ身にそなわった世間智《せけんち》から、たとい与志子が現にうるさがって嫌《きら》っているその男の悪口をあとで言い出したとしても、決してそれには同調すまいと心がけた。そして自分の当面の敵の若々しい面影《おもかげ》をえがいては、それをすぐさま飯田と比較して、誇らしく思ったりする気持に、われながら愕《おどろ》いた。

いずれにせよ節子の今の心境には、友情なぞの入る余地はなかった。二人のこもごもこぼす愚痴を上の空できき、実《じつ》のある、しかし執拗《しつよう》な男の愚痴っぽさに呆《あき》れはてて、冷たい不実な男の爽《さわ》やかさを思うのであった。

彼女がこうして放心状態に陥っているあいだに、目の前ではいつのまにか、与志子と飯田の口論がはじまっていた。そこはホテルのカクテル・ラウンジであって、まわりは外人客ばかりだったからよかったようなものの、慎しみを忘れた二人は、房事の品評にまで亙《わた》って傷つけ合い、節子ははらはらしている間に、突然激怒に顔を赤くした飯田は、席を立ってどこかへ行ってしまった。

残された与志子の顔は、赤みを残して、やや息をはずませて、しかし表情は薄い石《せっ》膏《こう》の膜にとざされたようになっていた。節子が慰めの言葉をかけた。そして至らない助力を詫《わ》びた。与志子がこう言った。

「ああやって怒らせて帰すほかないのよ。さもなければ一日中そばを離れはしないわ。いやだこと。私、今に殺されてしまう」

――話の継穂《つぎほ》がなくなったので、節子はラウンジの人々を見まわした。それは金も裕《ゆと》りもある観光客が、閑暇をもてあましている姿だった。彼らは旅の身の、中ぶらりんな境涯《きょうがい》にすでにあきあきして、長すぎる脚を揃《そろ》えて伸ばしたり組んだりしていた。

節子はふいに、かつての自分の境涯をそこに見た。そのころの節子は嫉妬《しっと》を知らなかった。ありあまる閑暇もあった。しかし今や閑暇は飛去った。閑暇の代りに、そこを埋める密度のある確かな手ごたえのあるものが生れたかというと、そうではない。

急に与志子が呼びかけて、こう言った。

「あなたこの間のナイトクラブのことで、仕返しをしたいと思わない？　そのためには満を持して、ゆっくり機会を待たなくてはだめよ。あした土屋さんに、手術後はじめて会うんだわね。会っても決して、ナイトクラブのことなんか口に出してはだめよ。嫉妬を見せたらおしまいだことよ」

「わかっているわ」

と節子は微笑した。今になって、おいおい節子も、言われずともそういう心境に達していたのだが、それが与志子と飯田の醜い口論に接したおかげだと言うことは憚《はばか》られた。

与志子はつづいて秘策を授けた。どのみち手術後二三週間は体をいたわらねばならないから、そのあいだはあくまで淡々と土屋に会うこと。さてその次の逢瀬《おうせ》には久々に共寝のできるという、はっきりした口約束をしておくこと。その約束の日が来て、いよいよ宿へ行こうというとき、理由もなく土屋を拒むこと。どうあってもその日だけは頑なに拒みとおすこと。こんな仕返しのおかげで節子はようやく復権のめぐみに浴するだろうということ。

「仰言《おっしゃ》るとおりにするわ」

と節子は今は余裕を以《もっ》て笑って言った。

「笑っていてはだめ。きっと私の言うとおりにすると約束なさい」

二人は深紅のマニキュアと珊瑚《さんご》いろのマニキュアの小指をしならせて指切りをした。

——節子はそのとおりにした。あれほど嫉妬に苦しんでいた身が今ではおかしく思われるほど、らくらくとそのとおりにしたのである。恋人の前にはじめて感情をいつわることの新鮮さよ！

それに今では節子ののぞんでいた精神的な附合《つきあい》がはじまったようにも思われた。土屋はまことによく節子をいたわり、こわれやすい織巧な硝子細工《ガラスざいく》を扱うように扱った。自分の肉体のひそめている不測の力に自信のできた節子にとっては、こんな扱いがひとしおうれしかった。又土屋が忘れずに、慇懃《いんぎん》のほのめかしをしてくれたこともうれしかった。

「今日は散歩だけ。この次はダンス。その又次には大丈夫だわ」

「本当に大丈夫？」

「絶対に大丈夫。それもずいぶん大事をとった上でのことですもの」

土屋はいろいろと手術の模様をきき、節子はつつましく科学的にこたえた。

「麻酔はね、朝の十時にかけられて、お午《ひる》にはさめちゃったの。後産《あとざん》のときはもう麻酔《き》が利いていなくて、そのころは痛いさかりだったわ」

「可哀想《かわいそう》になあ」

土屋はそういう世にも適切ないたわりの言葉を、世にもやさしい温かい声音《こわね》で言った。あたかもその痛みの時、彼が女優と逢《あ》っていたことを知っている節子は、この言葉で迸る《ほとばし》怒りを抑えるのに骨が折れた。しかしいささか大人になった節子はこの場を切り抜け、心の中で却《かえ》って土屋に憐《あわ》れみかけるのであった。

『こういう青年こそ政治家になったらきっと成功するんだわ』

それにしても、散歩の日は秋の小雨《こさめ》の降りつづく一日で、二人は戦災を蒙《こうむ》らなかった古い湿った家並のあいだを歩いた。日は暮れかけ、人通りはなかった。川にのぞんだ傾きかけた古い家が灯《ひ》をともし、昔ながらの道はしきりに屈折して、思わぬところで行きどまりになっていたりした。そういう袋小路の果てには、久しく訪《おとな》う人のないような玄関の、桟《さん》の折れた引戸があったりした。いかにも流行《はや》らなそうな弁護士の事務所もあった。

「なるたけ足馴《あしな》らしに歩いているのよ」

と節子は言った。

二人は一つ傘《かさ》をさしていた。土屋はいたわりから、自分は殆《ほと》んど濡《ぬ》れて、節子の上にばかりさしかけた。こういう礼儀、こういう親切も、心に触れさせずにやりすごしてゆくことを節子は学んだ。あんまり微妙な点にいちいち感動して、心の振幅をいたずらに増してはならなかった。土屋の体は濡れるがいいのだ。雨は彼のレインコートから彼の上着に、上着からYシャツに、Yシャツから下着にしみ入って、この男の素《す》肌《はだ》の上を無残に流れればいいのだ。

せまい道を曲り曲りして、どれだけ歩いたか知れないうちに、急に人や車の往来と騒音が二人を取り囲んだ。いつのまにか盛り場の外れへ出ていたのである。この騒がしい明るい雨の街の雑沓《ざっとう》は幻のように思われ、濡れたビルの巨《おお》きなネオンサインは視野のむこうに、折り重なって輝やいていた。きこえない耳がきこえだしたように、道ゆく人の声高《こわだか》な話し声やラジオの歌声や自動車のクラクションが湧《わ》き立った。

「この道をこんなに歩くと、この街へ出るとは思わなかったわ」

と節子は言った。二人ははじめから街へ遊びに来た人のように装って、とある明るい賑《にぎ》やかな店でお茶を喫《の》んだ。

その次はダンスだった。その又次は……。

すでに搔爬《そうは》から二十日間ちかい日が経《た》っていた。いよいよ明日が、土屋との契《ちぎ》りを又呼びかえす日だと思うと、与志子の忠告はそれはそれとして、節子にはここ二週間の状況に対する名残惜しさがしきりに湧いた。あれほどに悩みもし、又感情をいつわって暮しもしたが、この二週間、魂は休戦状態にあったのである。あらゆるものは進行を停止し、成熟も腐敗もやみ、しゃにむに人を巻き込んで進んでゆく苛酷《かこく》な法則を、しばしがほどは免《まぬ》かれていたのである。

が、明日からはちがう。又しても戦いがはじまる。与志子の忠告を是非とも守るには、いっそ人前で脱げないような汚れた下着でも着てゆくのが賢明だが、生れつきの綺麗《きれい》好きと躾《しつけ》のよさを口実にして、節子は明日の朝に着かえる新らしい下着や、服に合せた新調のスリップを、遠足の仕度のように、前の晩から揃えておいた。

良人《おっと》はあいかわらず遅くかえって来てすぐ寝息を立てた。再三妻に拒まれてから、彼は得たり賢しと、何も求めない良人になった。決して狡《ずる》さを表現できないこの男が、妻のかたわらでいつも見せているのは、誠意に溢《あふ》れたとしか云《い》いようのないその寝顔である。

あくる日のあいびきの約束の時刻が近づくと、節子は固くなっていた。今日はどうあっても拒まねばならぬという使命に緊張して。

彼女は待っている土屋の前へ、少しおくれて、さりげなく現われる筈《はず》だった。しかし気のはやりは節子をしらずしらず、定刻前にその場所へ運んでしまった。土屋はまだ来ていない。

……土屋はまだ来ない。今日の自分が、手術の後の特別な自分ではなく、又前のような自分の連続にすぎぬという痛切な意識が、待つほどに節子を襲った。今日の日も、あの屈辱的なあいびきのつづきにすぎない。そう思うにつけて与志子の忠告が、いかに適切であるかが思われる。

それと同時に、節子は与志子の言うとおりに抑えてきた嫉妬が、今日という日になって又まざまざと蘇《よみが》えるのを感じるのである。土屋はまだ来ない。こんなに遅れるところを見ると、今日の日をたのしみにしているふりをして、その実土屋は、すでに節子の体を避けようとしているのではあるまいか。

こんな不安はますます怒りに火をつけ、彼の不実を、たとえ芝居にもせよ今まで優しくゆるして来た自分が、世にもみじめな女に思われて来る。いやが上にもいい気になった土屋が、今日のあいびきにも、わざと気をもたせて遅れているのかもしれない。

二十分すぎた。……三十分に近づこうとするとき節子は立上って一人でかえろうとして、レジスターで勘定をした。扉《とびら》を押すと出会頭に、目の前に止まったタクシーから土屋が下りて来た。

怒りのためにすっかり子供らしくなった節子は、土屋をちらりと見ると、そしらぬ顔で歩きだした。土屋が追って来る。節子は振向こうとしない。その頑固《がんこ》ないそぎ足に小刻みに歩調を合わせ、肩を並べて、人のゆきかいを縫いながら、土屋は言った。

「ずいぶん早い足なんだなあ」

土屋がおどけて言っているのだと思って腹を立てた節子は、彼の横顔をちらと眺《なが》めたが、横顔は生真面目《きまじめ》な少年のようで、額はほのかに光っていた。この男には独特の芸当があった。何か具合のわるい局面にぶつかるとき、忽《たちま》ちにして、投げやりな態度の一人の少年に化けることができるのだ。

その日は曇っていて寒く、まるで十一月中旬の寒さであった。今日を堺《さかい》にして、秋の終るのが感じられた。

「寒いよ。どこか暖かいところへ行こうよ」と土屋が言い出した。

「何を怒っているの。早く二人きりになろうよ」

二人きりになるというのは、宿へ誘うときのいつもの土屋の表現である。

「お話があるの」

「又お話か」

節子が構わずに道ばたの店の扉をあけた。そして土屋に入れと言った。そこは二人ともはじめての店で、閑散で、暗がりで出す珈琲《コーヒー》のいかにも不潔で不味《まず》そうに思われる店である。

「もうお茶はいやだ」

と土屋は言った。

「いいの」

と構わずに節子は注文をした。幸いに客の数は大そう少ない。

土屋が何か遅参の言い訳をはじめた。節子はいらいらして半ばまでそれを聴かず、土屋の話を遮《さえぎ》った。与志子の指令によると、間際《まぎわ》になって拒まなくてはならぬのであるが、それまで待つ裕《ゆと》りを節子は失《な》くした。

「今日はね。……今日はお約束のところへ行くのはいやよ」

「なぜ？　だって約束したじゃないか」

「ともかくいやなの。悪いけれど、行けないわ、私」

「なぜ？　遅れたので怒っているんだね」

「そんなことじゃないの」と節子の声は高くなった。「ただ、いやなのよ」

拒まれた土屋は実に無邪気な顔つきで、そのときの彼の表情はどうだろうと節子の想像していたのとはまるで違っていた。それはただ端的におどろいている顔だった。罰におあずけを喰《く》った無邪気な犬が、自分の犯した悪事をまるで理解していないようなその顔つきは、本当に、拒まれる理由を知らぬげに見えた。こんなに純潔な不満にはりつめた顔を、その瞬間節子は愛していたが、そんな好みは好みで心の別の抽斗《ひきだし》に、そっと蔵《しま》っておけばよいのだと考えていた。

一体土屋のこんな表情が芝居であろうか？　節子は与志子の告げ口がひょっとすると中傷ではあるまいかという疑惑を抱いた。そうだとすれば節子は無意味に事を好むやり方をしているわけである。そこでこう訊《き》いた。

「何月何日の晩に、あなた、どこにいらして？」

「何月何日って、君の手術の日だな。そうだな。僕はどこにいたろう？　そのころは毎日何となく不安で、夜早く家へかえらなかったことはたしかだ」

節子はナイトクラブの名を言い、連れの女優の名を言った。土屋は念入りに記憶を手さぐりする顔つきになった。

このとき節子のほうはすでに土屋を恕《ゆる》して、彼が事実無根だと云えばそれなりに、すべてを水に流すつもりでいたのである。土屋の少年らしい暗い目が、真正直に自分の記憶の中をのぞいている。孤独で、爪《つめ》を噛《か》んで考え込んでいる少年のようなその面持《おももち》。……節子は急に不安になった。

土屋の答は全く予想を裏切っていた。

「うん、思い出した。その晩、たしかに行ったよ、僕。……連れもその人だ。誰《だれ》が見ていたんだろう」

節子はそこまで聴くと、胸がふたがれて、自然に涙が出た。絶望的な事態に立ち至ったような気がしたのである。

節子の涙を見ると、忽ち土屋のはなはだ論理的な弁解がはじまった。彼は自分で自分の心理に註釈《ちゅうしゃく》をつけ、これほど思い出すのに苦労した思い出が、どうして重要な思い出でありえようかと言った。ようよう節子が、手術の日に女連れで遊びに出た不真面目さを責めるにいたって、彼はその日がまさか手術の当日だとは思わなかったと言いひらき、女優もただ偶然の連れにすぎぬと言った。もしそれが女友達以上のものなら、こんな軽率な白状をしないで、白を切るだろうとも言った。しかし彼の白状の軽率さ自体が、計算ずみのものだろうと、節子には疑う理由があった。

土屋の腕は節子の泣いているつつましい肩を抱いていた。節子はその腕をふりきった。別の方角へ顔をそむけて泣いた。自分の肩がなるたけ片意地に見えることを節子は望んだ。

どれだけ長く二人はそうしていたろうか。時間は停《とま》ってしまった。顔をおおうている節子は、ドアのあけたてされる音とか、客の靴音《くつおと》とか、澱《よど》んだ音楽のレコードの切れ目に急に耳立つ皿音《さらおと》とか、そういう雑多な音に耳を委《まか》せた。そのうちに彼女が聴き、心を奪われているのは、こうした音だけになった。節子はドアの開閉される数をさえ数えた。

突然節子は、さっき手さぐりで手提から引き出した手巾《ハンカチ》を顔から離した。そしてちらと土屋を窺《うかが》った。この青年は世にも不機嫌《ふきげん》な、うんざりした表情で、むこうの壁へ目をやっていた。

おそらく土屋がこんなに無礼な、露骨な感情を表てに出したことはなかった。その顔は大そう遠くにあって、このまま放置《ほう》っておけば、永久に遠くへ行ってしまいそうに思われる。それを見た節子は、拒む自信をすっかり失くしてしまった。あれほどまでに勢い込んでいたその自信を。

土屋は事の収まったのを見てとって、女を店から連れ出した。町を歩くときはさすがの節子も、よみがえった矜持《きょうじ》が涙を払った。土屋は黙って車を止めた。どこへ行くの、と節子がはじめて口をきいた。どこか暖かいところへ、と土屋が答えた。車の中で又節子は泣きだした。今度は自分の腑甲斐《ふがい》なさのために泣いたのである。それを察してか、土屋は慰めの言葉もかけず、腕組みをして深くシートに掛けて、……要するに毅然《きぜん》としていた。

ホテルの一室に着いたとき、節子の体は流しすぎた涙のために、力を失って、死んだ鶏のようになっていた。土屋は荒々しく立ち働らいた。靴下を脱がせ、洋服を脱がせ、スリップを脱がせ、コルセットを外した。こういうことをみな、明るい燈火《とうか》の下でしたのである。力も脱け、身も萎《な》えはてて、なすがままに委せていた節子は、するうちに、土屋の荒々しい指先に、かつて知らない喜悦の激しさがこもっていることに気がついた。それは落着き払った、自信たっぷりの情人の指ではなかった。

節子は自分の脚に男の唇《くちびる》を感じた。もし常の場合なら、忽ち足を引込めることであろうが、装った仮死状態の手前、そうするわけには行かなかったので、ゆくりなくも節子は、久しく夢みていた死のように羞《は》じらいのない状態で、というのは彼女が裸かでたった一人いるときのような状態で、われながら美しいと思うすんなりした脚に隈《くま》なく男の唇を感じることができたのである。

しかし節子はそんなに永く、死を装っていることはできなかった。やがて肉のほてりは冷たかった指先にまで及んで、節子はよみがえり、高い声をあげた。生来のつつしみ深さから、(尤《もっと》もそのつつしみ深さを裏切るような事態は起らなかったので）良人の前では一度として声を立てたことのない節子が。……

彼女は何も考えないことにした。そんな状態が帰宅までつづいた。何も考えぬまま、習慣的に土屋に微笑《ほほえ》みかけ、あまつさえ次の約束をしてしまった。

節子が自分の欺瞞《ぎまん》に気づいたのは、家へかえって、一人きりになってからである。与志子の忠告は正しかった。節子は自分の中に熾《おき》ほどしか残っていないように思われたものを又掻《か》き立てて、記憶をまっすぐに過去の習慣へつなぎ、その間に一旦克《か》ち得た筈のものを無に帰してしまったのである。

われわれが未来を怖《おそ》れるのは、概して過去の堆積《たいせき》に照らして怖れるのである。恋が本当に自由になるのは、たとえ一瞬でも思い出の絆《きずな》から脱したときだということを節子は学んだ。くりかえしを怖れる気持を、われわれは粗雑にただ、堕落を怖れる気持だなどと呼んでいる。節子が怖れているのは、もう堕落などではなかった。

突然、街上で見た忌《いま》わしい不具者の顔が又浮んで来た、子供をおろした今となっては、そのソフトとマスクに隠れた、眉《まゆ》と鼻のない怪奇な顔も、当面の恐怖の種子であるべき筈はなかった。しかしその顔の怖ろしさは別の意味を帯びたのである。

白昼あの顔にいきなり出会ったときの節子の恐怖は、生れるべき子供についてであれ、何についてであれ、そこに何事か自分の未来と関《かか》わりのあるものを思い描いたところから生じた。現在目前の恐怖とは質のちがった、やがては、恐怖に変ることの確実な或る種の感動。……丁度子供が道ばたの虫を見て、やがて恐怖に泣き出すことがわかっていながら、それに先立って、まず正確に詳細に眺めておこうとする衝動とよく似たもの。……

節子は人間の顔が、一度変れば、どこまで変貌《へんぼう》するかを見極めようとして、それで恐怖にかられたのだと思われる。

『あの怖ろしい顔も、むかしは人並な、美しいと云える顔だった日があって、それがこんな廃墟《はいきょ》になったとすれば、……あの顔にもたしかに人並な美しい原型があったとすれば……、ああ、私の今の顔、今の姿は、ただ原型にすぎないのではないかしら？』

第十六節

節子の恋には、女らしいよろこびの泉となる詩的なところも抒情的《じょじょう》なところも、すっかりなくなった。生活の断片に恋が与えていた潤《うるお》いや翳《かげり》も失われた。すべてがまざまざと白日の下に照らし出され、おそろしいほど明瞭《めいりょう》な輪郭を帯びた。この日頃《ひごろ》の秋のあかるい日光以上に残酷なものはないような気がした。匂《にお》いや色彩は飛び散った。飢えた病人のように、彼女の感情は、ただひっきりなしに物乞《ものご》いをしていたのである。

自分の身のまわりに、心の安息になる場所がないかと思って見廻《みまわ》してみる。なるほどそれらしいものはある。秋のさまざまな社交的な集まりがある。夜、篝《かがり》を焚《た》いて、庭のあちこちに模擬店の出るような園遊会がある。ダンスの会がある。カクテル・ビュフェがある。芝居の招きがある。里の交際範囲からも各種各様の招きが来ている。しかし土屋と一緒に行くのでなくては、どこへ行ってもたのしみのないことが、一度ためしに行ってみるだけでわかってしまう。

節子のゆたかな、半ば子供らしい顔立ちは、だんだんに尖《とが》って、堅くなって来るように見えた。今では持ち前の素直さはほとんど消えてしまった。官能の中でいちばん光りを放つように思われたこの素直さが、却《かえ》って影をひそめたのは、あるいは彼女が持ち前の気楽な偽善を忘れて、何事につけて真摯《しんし》になりすぎたせいであろうか。

やっと節子は音楽に救いを求めて、折柄《おりから》日本に来ている名手の演奏会へ一人で行った。すると彼女は今さらながら、自分の空想力の涸渇《こかつ》におどろいた。音は少しも流れず、硝子《ガラス》の破片のようにとげとげしく耳に刺さり、音楽の中に心を休めるどころか、却って音楽が彼女をはねのけて、音楽の外の不安へ力強くはね返そうとする。たまに心にしみるような美しい一節が、素直に流れ入って来ることもある。それさえ慰めにはならないで、最も思い出したくない思い出をそそり立て、丁度毒のある甘言のように、ひたすら耳に媚《こ》びようとするのである。

肉は土屋と、これまでよりも深く結ばれているように思えるのに、節子は恋しながら孤独になった。それも白昼に裸かで戸外を歩いたらこうもあろうかと思われる実にあからさまな孤独で、身を隠す場所もない気がする。隠れ家も、安息の場所も、心をやすめる暖かい一隅《いちぐう》も、……そういうものはこの世界からすっかり失われてしまった気がする。

菊夫はどうか？　菊夫に節子は、すでに自分を無言で弾劾《だんがい》してくれる役割を与えていた。それは節子ひとりの空想の遊戯でもあったろうが、たとえば幼稚園の話をしていても、動物園の話をしていても、いつもこの孤独な母親は、子供にむかって目で訴えかけている。

『ねえ、お母様を恕《ゆる》してくれる？』

菊夫はただ笑っている。するとその笑っている澄んだ目の中に、節子はたえず次のような一語を読むのである。

『いいえ、恕しません！』

節子は戦慄《せんりつ》する。戦慄すると同時に安心する。

『もしこの子が恕すと云《い》ったら、そのときすぐさま、私はこの子を殺すだろう』

ふしぎなことだ。

節子が考えはじめた。考えること、自己分析をすること、こういうことはみんな必要から生れるのだ。節子は自分が、幸福な種族に属しているという、生来の自信をなくしてしまった。

……逢瀬《おうせ》のたびごとに、ますます肉の欣《よろこ》びがつのるにつれて、土屋の話題はますます乏しくなるのに節子は気づいた。世にもあからさまに、彼は手持無沙汰《ぶさた》な顔をしたり、放心状態を示したりするようになっていた。土屋はそんなに変ったろうか？　まだ恋のはじめのころにも、黙っているときの彼の、誰憚《だれはばか》らぬ退屈そうな様子に、節子は何度となく気づいた筈《はず》だ。しかもその同じ退屈そうな様子が、あのころは彼女を安心させたのに、今は彼女を苦しめるのだ。

土屋が黙る。黙ると同時に、このごろでは針で刺されたように、節子の想像力は敏活になるのである。気がついたときには、もう嫉妬《しっと》している。こういう自分がやりきれないので、嫉妬を隠すのが彼女の習慣になったが、こうしてただ嫉妬を隠して作り笑いをしていることは、奴隷《どれい》の作法に他《ほか》ならぬことにも節子はすでに気づいている。気づいていながらどうすることもできない。

又もや土屋が黙る。節子は上ずった声で、あわてて探し出した愉快な面白《おもしろ》い話をする。しかしそんな悲劇的な声では、面白かるべき話もそれほど愉《たの》しくは響かない。時折土屋は薄笑いをして、こう言うことがある。

「や、その話はもうきいたよ」

この青年は同じ話を二度きいてやる労力をも厭《いと》うていた。

ある日の朝食のとき、節子はつくづく良人《おっと》を眺《なが》めた。節子の陥っているこれほどの苦しみを共にし、これほどの重荷を分けて担《にな》ってくれないということだけで、良人はもう赤の他人の資格があると彼女は思った。しかし他人だと思うと別な親しみが湧《わ》き、すべてを恬淡《てんたん》に打明けたくなる危険な誘惑に節子は悩んだ。とはいうものの心の底では、すべてを知った良人の驚愕《きょうがく》と苦悩を、最後の夢にとっておきたい。そんな苦悩のありさまを見れば、よるべのなかった節子も、思いがけない心の友を、良人の上に見《み》出《いだ》すかもしれないから。彼女のために悩んでくれる唯一人《ただひとり》の人をそこに見るかもしれないから。

だがこの眠ってばかりいる良人の中に、一体悩む能力が残っているかどうかは疑わしかった。彼に女がいるとしても、彼ははじめから悩むおそれのない女を選んだにちがいない。概して全く温かい人間だったが、その温かさが却《かえ》って、あらゆる種類のセンチメンタリズムから彼を隔てていた。人情の手の届かないところでは、万事を放擲《ほうてき》して眠ってしまうのであった。

実は何もかも気づいていて、良人が、気の弱さから、あるいは怠惰から、あるいは狡《ずる》さから、黙っているときのことを想像する。節子はそういう事例を知っている。又それよりももっと悲劇的な、似て非な事例も知っている。大そう鈍感で、善良で、妻を熱愛していた或《あ》る肥《ふと》った良人は、妻の不貞に少しも気づかず、気づかぬままに、おそらく無意識のうちに耐えつづけ忍びつづけて、ついには肉体がこんな度のすぎた忍耐に悲鳴をあげ、日ましに衰え弱った末、つい数ヶ月前、尤《もっと》もらしい病名で死んだのである。しかも死ぬ間際《まぎわ》まで、彼は露ほども妻を疑ってはいなかった。

私の良人はそんなことはあるまい、と節子はむしろ希望的に考えた。しかしもしすべてに気づいていて、少しも彼が悩んでいないとするならば、節子がそれに賭《か》けている唯一《ゆいいつ》の夢唯一の救いも、崩壊してしまうのである。

もし自分が土屋を失った場合のことを考える。帰って来るのは、この良人と子供のいる家だけしかない。そうなったとき、良人はどんな風にして自分を迎えるだろう。そのときこそ、この何も求めない良人は、はっきり彼女を拒否するかもしれない。一つ屋根の下に、生涯《しょうがい》別々の心と体を以《もっ》て、夫婦が住むようになるかもしれない。

孤独のおそろしさに心を嚙《か》まれ、節子は或る晩、久々で良人に挑《いど》んだ。もし自分が帰って来るときの、その帰来の場所を確かめようとしたのである。

眠りかけていた良人は急に目をみひらいた。『一体どうしたの？』とその目は語っていた。あまつさえ、口に出してこう言った。

「おかしいね。もう僕がきらいになったのじゃなかったのかい」

彼は何か自信を失っていたらしかった。その失った自信を無理矢理盛り返そうともせず、失ったままに眠りつづけて来たらしかった。

こんな愚直な質問に、節子は言葉でなくって微笑でこたえた。彼女の薄青の寝間着の肩はあらわれていた。この瞬間ほど、節子が痛切に、娼婦《しょうふ》であろうと試みたことはない。申し分のない娼婦にならねばならぬ。そしていささかも感情に溺《おぼ》れず、良人の中の純粋な男の要素にだけ愬《うった》えかけねばならぬ。……

彼女の半眼の目のふちの潤いは、枕頭《ちんとう》のあかりに艶《つや》やかに光り、その睫《まつげ》はいかにも深く、今じっと良人の肉体とわが肉との距離をはかっていた。

良人はやさしく節子の手を引いた。どんな無恥な考えがこもっているともしれぬこの体の上に、彼はおずおずと手をのばした。

節子はやがて、もう一段つつしみを押し切った。いつわりの高声を立てたのである。良人はこんなはじめての事態にびっくりした気配を示し、事実真正直に熱をあげて、その愛撫《あいぶ》は大わらわになった。

良人はこの一夜に味を占めたらしかった。彼の思いもかけぬ精励恪勤《かっきん》がはじまり、それが近いうちに三度三度とつづくと、節子はいつまでも娼婦ではいられず、いつわりの声を立てることも億劫《おっくう》になった。こうして節子はいつもの節子にかえり、波紋はしずまり、……新らしい奇妙な習慣は消えてしまった。

娼婦らしく振舞っただけのものを、節子は辛うじて得たにすぎなかった。声は谺《こだま》して中空《なかぞら》に消えた。もう比較は明らかになり、こんな無感動のうちに置かれて、あしたの土屋とのあいびきを思うと、節子の身は慄《ふる》えるのであった。


——冬が来かかっていた。夏のあいだのあいびきの場所へ又節子が行きたがったので、東京から一時間の行程のそこのホテルまで、午後二人は何の荷物も持たずに出かけた。浜には人影を見ず、ホテルの客はかれら一組である。浜の散歩は寒い。厚い雲の裏をゆく飛行機の爆音が、けだるく低く、人気《ひとけ》のない浜一帯に瀰漫《びまん》してきこえる。雲の累々《るいるい》とした沖に、紅黒《あかぐろ》い不吉な夕映《ゆうばえ》の一条が、黒雲の下に、水平線に接して棚引《たなび》いているのを二人は見た。

五時間あまりホテルの一室にいて、終電車で東京へかえったのである。

冬は次の日から急に勢いを得たように思われた。その晩おそく朔風《さくふう》が吹きすさび、朝の寒さはひとしおであった。

節子は手づるを探していた。誰か無関係な、信頼できる人に打明けて、解決とは云えぬまでも、心の方角を決めるだけの助言をしてもらいたい。与志子では物足りない。節子の今求めているのは、世故に長《た》けた人の忠言ではなくて、もっと厳粛な訓《おし》えである。恋の懸引の伝授ではなくて、もっと節子の存在自体を押しゆるがしてくれるような強い思想である。今そういうものに縋《すが》る機会が得られなければ、節子の心は解体して、一挙に破滅へ向って走ってゆきそうに思われる。

彼女はまじめな旧友を思い出し、この悩み多い友が、しばしば悩みを打明けにゆくという年老いた人の名を思い出した。松木というその老人は人に知られぬ著述を重ね、ずっと以前から東京近郊の不便な土地に隠棲《いんせい》して、老婢《ろうひ》一人を相手に仙人《せんにん》じみた生活を送っていたが、若いころは十数年にわたって欧米を放浪し、さまざまな国の裏面に通じていた。そのころ松木は政治にも関係した。やがて政治を見捨てた。世界各国のあらゆる種類の女をも知った。やがて女を見捨てた。文学や美術や音楽にも近づいたが、芸術一般の虚偽の性質に呆《あき》れ果ててそれをも見捨てた。このごろでは著述からも遠ざかって、しらぬ間にたまっていた財産でつましく暮していた。

彼は行為の世界にさえ通じていた！　南支那海《みなみシナかい》の海賊船に乗組んでいたこともあり、密輪にたずさわったこともあり、危険な奥地探険に加わったこともあり、牢獄《ろうごく》と死とをくぐり抜けて来たことが一再ではなかった。しかも松木は、今ではどんな偉大な行為をさえ蔑《さげす》んでいた。

節子は旧友にたのんで紹介状を書いてもらい、訪問の日時を打合せた。ある薄日のさしているうすら寒い午後、手土産を持って一人で訪ねた。郊外電車の小さな駅から、葱畑《ねぎばたけ》のあいだをしばらくゆき、やがて緩丘ののぼり坂が、薄日に木肌《きはだ》をまだらに明るませている赤松の林に入ってゆくとき、かなたに古びた塀《へい》のありかが見える。それが松木の家である。駅からは一里にちかい道のりだったが、こんなに不便な場所であるだけに、打明け話にはもっとも適した環境だと思うと、節子の疲労は消えた。

松木は寝ていたが、節子が枕《まくら》もとに通されると、床の上に起き上った。節子はあれほどの波瀾《はらん》に富んだ生涯を送った人が、こんなに小柄《こがら》な痩《や》せ衰えた男であることにおどろいた。病臥《びょうが》中とは知らなかったと彼女が言うと、医者にかからなければ病気とは云《い》えまい、私は決して医者にはかからないと老人は答えた。その声の勁《つよ》さ、精悍《せいかん》、若々しさに節子は搏《う》たれた。告白はなめらかに運んだ。「それはお困りだね」と松木は言った。「それは本当にお困りだ。……あなたのように悩まないでもいい人生を送れる筈の人が、そんな風に悩む成行になる。それは本当にお困りだ。

その土屋という人は、今はおそらくあなたを愛していないが、この世で一等強力なのは愛さない人間だね。そういうものには手の施しようがないし、しかもあなたはその男から、愛のおしるしだけは確実にうけとっている。男はもう、あなたの上に自分の力を揮《ふる》い、その力の影響をためすことだけにしか興味がないのだ。それなら肉体の仕業はみんな嘘《うそ》だと思ってしまえば簡単だが、それが習慣になってしまえば、習慣というものには嘘も本当もない。精神を凌駕《りょうが》することのできるのは習慣という怪物だけなのだ。あなたも男も、この怪物の餌食《えじき》なんだよ。もっとも人生においてそれはそんなに恥ずべきことじゃない。あなたは必ずしも敗北者ではなく、男は必ずしも勝利者じゃない。

愛の問題はのけて考えよう。私はあなたに習慣の治療法を教えてあげよう。

ああ、倉越さん、人間の欲望などというものはケチなものだよ。あなたは本当のところ、もう欲望からは治ってしまっている筈だ。私は青年時代のいちばんはじめにそれから治って、あとの一生はただ習慣からだけ逃げて暮した。そして人間のやってのける偉業などというものに、みんなこの私と同じ、逃避の影のさしているのを知ってうんざりした。事業への逃避、政治への逃避、栄光への逃避、これが歴史を支えて来たのだ。

そうだ、私は習慣の治療法を教えてあげる筈だったね。しかしこれは難問題だ。生きとし生けるものが、最低限度のところ、ものを喰《く》う習慣だけは失《な》くすことができない以上、これは難問題だ。そこで人間は道徳を考え出したんだと私は思う。

道楽のかぎりをつくした私が、道徳だなどと言い出すのをきくと、あなたはお笑いだろう。しかし私のいう道徳は、人のいう道徳とはすこしちがうのだ。それは人間がどこへも逃避できないように自分でこしらえた檻《おり》なのだ。もっともおそるべき習慣からさえ逃避できないように。

早合点をしてはいけないよ、倉越さん。病人にむかって、病気と共に生きることをすすめるように、習慣と仲良くして一緒に生きろなどとすすめるのじゃない。道徳は、習慣からの逃避もみとめないが、同時に、習慣への逃避も、それ以上にみとめていないのだ。道徳とは、人間と世界のこの悪循環を絶ち切って、すべてのもの、あらゆる瞬間を、決してくりかえされない一回きりのものにしようという力なのだ。檻は二の次だ。ただ人間は弱いから、こんな力をわがものとするために、どうしても檻を必要とするのだが、世間ではこの檻だけを見て、檻の別名を道徳だと思ったりしている。

習慣のおのおのの瞬間を、一回きりのものにすること、……ああ、倉越さん、私はことさらあなたに難題を吹きかけているのじゃない。ただ、この世界がいつまでもつづき、今日には明日《あす》が、明日《あす》には明後日《あさって》が永遠につづき、晴れたあとには雨が来、雨のあとには太陽が照りかがやくという、自然の物理的法則からすっかり身を背けることが大切なのだ。自然の法則になまじ目移りして、人間は人間であることを忘れ、習慣の奴隷になるか逃避の王者になるかしてしまう。自然はくりかえしている。一回きりというのは、人間の唯一の特権なのだ。そうは思わないかね、倉越さん。

私の道徳は、あなたに家庭にかえれなどとすすめてはおらん。私の言うとおりにすればむしろあなたは土屋というその人の体に、積極的に快楽を見出すだろう。快楽はたしかにすばらしいものだ。思う存分に呼吸しつくし、味わいつくすべきものだ。そういう快楽を知っているとあなたはお言いだろうが、明日《あす》を怖《おそ》れている快楽などは、贋物《にせもの》でもあり、恥ずべきものではないだろうか。

もしあなたが積極的に快楽を見出せば、その次には、あなたはそれを捨てるか持ちつづけるかの自由をわがものにすることができる。習慣からのがれようとする思案は、陰惨で、人を卑屈にするばかりだが、快楽を捨てようとする意志は、人の矜《ほこ》りに媚《こ》び、自尊心に受け容《い》れられやすい。そうだろう、倉越さん。

だから私はあなたに道徳を、道徳という言葉が悪ければ、もっと自分を追いつめたところに生れる力を使うようにおすすめする。私の言いたいことはこれだけだ」

松木はそう言いおわると、頭を枕にゆだね、やがて眠ってしまった。その枕上《まくらがみ》に坐《すわ》って日暮までじっと思いに沈みながら、松木の痩せた寝顔を眺めて、節子は考えていた。この人の教えてくれたのは、やっぱり男の思想だ。今私の本当にほしいのは、女の思想なのに。

第十七節

そのころから節子は衝動的な振舞や気まぐれな烈《はげ》しい態度で、土屋をおそれさせる瞬間がたびたびあり、それが節子自身にもよくわかった。しかしこの賢明な青年は、何の反応も示さずにじっと大人しくしているだけである。もっとも育ちのよい彼のことであるから、女に手荒な扱いをすることなどあるべきではないが、彼はおそらく、何もかも我慢して、おつとめだけはちゃんちゃん果たしながら、目と、黙った頰《ほお》と、だるそうな身のこなしとで、女に対して出てゆけがしの態度を示すことを、以前に誰《だれ》か年長の女との情事から学んでいたものであろう。

節子にもそれがわからぬではない。しかしわかるのと一緒に、この横たわっている男の肉体が、俄《にわ》かに、胸もふたぐような官能的魅力にみちみちて感じられる。暗い枕《まくら》もとのあかりのために、半ば影にひたっているその胸、その腰が、そこに在るだけで、どうにも放置《ほう》っておけない存在に思われる。

「いいことよ。お急ぎなんでしょう。もう帰してあげるわ」

節子はそう言いざま、夜の水ぎわの芹《せり》のように、暗い甘い匂《にお》いを放っている彼の腋窩《えきか》の毛を、ひきちぎるようにつかんで、彼を痛さに跳び上らせたりした。節子はそれを我家へもってかえりたいと言ってきかなかった。

これが土屋にきらわれる原因になっただろうか？　残念ながらそうではなかった。節子は全く衝動的に、かつ真率な気持でそんなことをするのであるが、土屋のほうでは、半ば迷惑しながら、半ば女のこの新たな態度を心ひそかにたのしんでいるらしかった。おそらく彼は、自分のほうではもう何らの情熱をもたぬ女から、そう扱われるのをたのしんでいたのである。自分の愛さない女から、かくも肉慾《にくよく》にみちた荒々しい振舞をされるのを。……彼はそこにおそらく、新たな抽象的な快楽を見出《みいだ》したのであった。

節子は松木の高遠な教訓に心足らわぬ思いをしていたが、あの孤独な老人の風格そのものは永く心に残っていた。

『男ってあんなにまで孤独になれるんだわ。女の孤独はちがう。どんな老婦人の孤独も、もっと生ぐさくて、もっと物ほしそうだ。女はどんなに孤独になっても、別の世界に住むことはできず、女としての存在をやめることができないからなんだわ。そこへゆくと男はちがう。男は、一度高い精神の領域へ飛び去ってしまうと、もう存在であることをやめてしまえる！』

そこで節子の考えは又元に戻《もど》って、誰か世故に長《た》けたものわかりのいい老婦人の、ごく世間的な教訓を仰ぎたいと思うようになった。それが今の節子の心境から程遠いとしても、その遠いことが却《かえ》って心の慰めになるような気がした。

明治の花柳界出の人で、政界の大立物の未亡人である老婦人がこうして選ばれ、節子は友だちの紹介で身分を隠して会いに行った。老婦人はしじゅう微笑を口辺から離さずにこう言った。

「そういうお話は決してめずらしいことではありません。お名前は申せませんが、今時めいておられる方の奥様方から、そういう御相談をうけたことがたびたびあり、幸いに私の言うことをきいて下すって、今はどなたも前にまさる仕合せな御家庭を築いておいでです。

私の考えでは、女というものは一度はそういう経験をしておくべきだと存じます。なぜなら、良人《おっと》と男とは別ものですし、一生良人だけしか知らなくては、殿方というものについての私たちの知識は不完全であることを免《まぬ》かれません。良人はどんなに我《わが》儘《まま》でも、どんなに冷淡でも、あくまで我儘な良人、冷淡な良人というものでして、男そのものの我儘さ冷淡さとは距離があります。

奥様、よくしたもので、女が一等惚《ほ》れる羽目になるのは、自分に一等苦手な男相手でございますね。あなたばかりではありません。誰もそうしたものです。そのおかげで私たちは自分の欠点、自分という人間の足りないところを、よくよく知るようになるのでございます。女は女の鑑《かがみ》にはなれません。いつも殿方が女の鑑になってくれるのですね。それもつれない殿方が。

けれども、奥様、情《じょう》に負けるということが、結局女の最後の武器、もっとも手強《てごわ》い武器になります。情に逆らってはなりません。ことさら理を立てようとしてはなりません。情に負け、情に溺《おぼ》れて、もう死ぬほかないと思うときに、はじめて女には本来の智恵《ちえ》が湧《わ》いてまいります。火事や地震の場合に、男がどんなにみっともなくうろうろし、女がたのもしく冷静になるかは、誰もよく知っております。

ただ申し上げたいことは、最後まで世間を味方につけておおきなさいまし。一旦《いったん》事あるときは世間は男を庇《かば》い立てして、不公平にも女ばかりの非を鳴らすとよく言われます。言われますけれども、私はそうは思いません。女のほうがずっと世間を味方につけやすいのでございます。たまたま男に忠義立てして世間を敵にまわし、女だけが損をする結果になる。そういう女は馬鹿《ばか》な女だと申すほかはありません。世間はなるほど情事に寛大ではありません。それというのも世間がしじゅう不道徳な事柄《ことがら》に興味を持ちすぎているからです。そこでそういう事柄の一つがあらわになると、世間は戸まどいして、自分の面皮《めんぴ》を剝《は》がされたように思うのです。

色恋については、男は本当に仕様もないお喋《しゃべ》りですが、おかげで却《かえ》って、世間は男の告白を信じません。一等怖《おそ》れなければならないのは女たちのひそひそ話で、それに女は女の悩みを尊敬しておりませんから、あなたのどんなにまじめなお悩みも、お笑い草にされてしまいます。それに奥様、女は恋に敗れた女に同情しながら、そういう敗北者の噂《うわさ》をひろげるのが大そう好きで、恋に勝ってばかりいる女のことは、『不道徳な人』という一言で片附《かたづ》けるだけなのでございます。いわば、そういう勝利者は抽象的な不名誉だけで事がすみ、細目《さいもく》にわたる具体的な不名誉は、お気の毒にも、不幸な敗北者の女が蒙《こうむ》ることになるのです。ですから一等危険なのは、あなたが色恋で敗れた側に立ったという噂で、そのためには、その殿方とお別れになるときに、ぜひともこちらが捨てた形でお別れにならなくてはいけません。そうすれば旦那《だんな》様の御名誉の傷も軽くてすみ、それがひいてはあなたのお仕合せのもとにもなるのです。

世間を味方につけるということは奥様、とりもなおさず、世間に決して同情の涙を求めないということなのです。そういう世間との附合《つきあい》の仕方については、男たちよりも、ずっと女と附合い馴《な》れている私たち女のほうが得手《えて》なのでございますわ。男たちがむりやり世間を圧服しようとしたり、そうかと思うと、その膝《ひざ》にすがって同情を呼ぼうとしたりする、あの不器用なやり方を御覧なさいまし。

奥様、悩みを隠したり、悩みに耐えたりするというおつもりでなく、気軽に秘密を守るおつもりにおなりなさいまし。秘密というものはたのしいもので、悩みであろうが喜びであろうが、同じ色に塗りたくってしまいます。それに国家の機密なぞは平気で洩《も》らしましょうが、自分の秘密を大事に固く守ることは、女にとってそれほど難事ではありません。

それからお相手の殿方を、奥様、決して軽蔑《けいべつ》したりなさいますな。惚れすぎて苦しくなり、相手をむりにも軽蔑することで、その恋から逃げようとするのは、拙《つた》ない初歩のやり方です。万に一つも巧《うま》くはまいりません。ひたすらその方をうやまい、尊敬するようになさいまし。お相手がどんなに卑劣な振舞をしても、なおかつ尊敬するようになさいまし。そうしていれば、とたんにお相手はあなたの目に、つまらない人物に見えてまいります。それでその方《かた》から逃げ出すことは、わけもないことになるのでございます。……」

それは愉《たの》しい理論だった。しかしこんな教訓が節子に与えた効果は逆で、老婦人がこうしろとすめることは、すべて恋をしていない時だけ可能なことにすぎないと思われた。そう思う節子の心の中には、病人の特権意識に似たものがあった。彼女は病人が今更日頃《ひごろ》の養生の秘訣《ひけつ》をきくときのような、傲然《ごうぜん》たる意識で聴いたのである。彼女はただ盲目であるときはまだ救われ易《やす》い。本当に危険なのは、われわれが自分の盲目を意識しはじめて、それを楯《たて》に使いだす場合である。節子の考えは、この日頃、すべて自分の盲目を前提にして動いていた。自分は恋をしており、そのために盲目であって、……その結果、何ものにも目をつぶる権利があるのだ、という風に。

それはもう確かなことだった。彼女が道のまんなかにある石につまずいて倒れたにしても、決して彼女が悪いのではなく、罪はただ恋だけにあるということは。

冬になって、久しく蔵《しま》われていた冬の衣類が出される。毛皮が出される。手袋が出され、外套《がいとう》が出される。毛皮の肌《はだ》ざわりがなつかしまれ、火のかたわらで立てるアルパカの生地《きじ》の匂いがなつかしまれる。

しかし去年の服を着てみると、心なしか大きすぎる気がするのである。腰まわりがゆるやかすぎるような気がする。節子は大して気にかけなかったが、今年の冬の流行を追って、洋裁店で数着の新らしい服をつくり、いざ仮縫というときに、お針子がこう言った。

「奥様。大分おやせになりましたのね。ウェイストも前より細くおなりになって」

こんな指摘は、相手が肥《ふと》りすぎを気にしている婦人だったら、どんなに相手を喜ばせたことであろう。しかし節子のウェイストはもとから細く、腰まわりはむしろ理想的な寸法であった。彼女はこれを訊《き》くと黙って答えなかった。

節子は我家へかえる道すがら、自分が痩《や》せたという事実に目を据《す》えつづけ、この日から浴室の秤《はかり》に乗るのを怖《おそ》れた。ときどき胸が苦しくなるところを見ると、生来あまり丈夫でない心臓が弱っているようにも思われた。しかしそのために医者へ行くことはしなかった。私は痩せた、私は痩せた、とくりかえし自分に言いきかせるのは快かった。むしろだんだんに痩せ衰えてゆくことを念じた。……精神的な重荷だけではまだ物足りず、彼女はこうして肉体的な代価をはっきり仕払っていることのわかったのがうれしかったのである。

このとき作ったカクテル・ドレスをはじめて着て、節子は土屋と、川ぞいのレストランのコムパートメントで食事をした。その日の土屋は機嫌《きげん》がよかった。彼にはおそらく、豪勢な衣裳《いしょう》の女を寝室へそのまま連れてゆくことの、子供らしい好みがあった。久々に彼は手ずから、ゆっくり暇をかけて、彼女の衣裳を脱がしてやったから。

ある日突然飯田から電話がかかり、これからお宅へ伺ってもよいかと訊いた。節子は承諾した。彼はすぐやって来た。

玄関の広間で彼の蒼黒《あおぐろ》い顔色を見たとたん、節子は不吉な予感がしたが、彼は折入っての話があると言って、応接間へ入って、一隅《いちぐう》の椅子《いす》に身をせばめて坐《すわ》った。

話はそうこみ入った話ではない。与志子が決定的に冷たくなり、どんな手段を講じても逢《あ》ってはくれず、その上別れの手紙までよこしたので、今は節子が力を貸し、諦《あき》らめきれぬ自分を与志子に逢わせてくれるべきだというのである。

節子は答えずに黙っていた。それというのも、これほどわが身に悩みが重いあいだは、毫《ごう》も他人の情熱に同情を抱いたりする義務がないと思っていたからである。

いかにも今、節子は「他人の情熱」を眺《なが》めている。それは醜い。滑稽《こっけい》でさえある。同情どころかむしろ手を貸して、一そう望みのない事態へ追い込んでやりたい気にさえなる。それというのも、節子は自分の情熱を映している鏡のようなものをそこに見て、この歪《ゆが》んだ鏡の映す醜い映像に怒っていた。

「だって与志子さんがそんなお気持なら、私がお口添えしたって無駄《むだ》だと思うわ。友達としても出すぎたことだし、……はっきり申上げれば、私、あの方の御迷惑になるようなことに力をお貸ししたりすることはできないの」

「口添えなぞしていただかなくたって結構です」と執拗《しつよう》な男は言った。「ただ何とかあの人を連れ出して、私に逢わして下されればいいんです。あとは私と与志子二人の問題ですし、あなたに御迷惑はかけません」

「いやあね、そうすればそれが原因で、私と与志子さんとはその日から仲たがいよ」

「それほど御自分が可愛《かわい》いんですか」

「ええ、私は自分も可愛いし、友情も大切にいたします」

「そうですか。それじゃせいぜい御自分を可愛がっていらっしゃればいい。もしあなたがお断わりになれば、私が例の土屋さんのことを、あなたの御主人にお話することもできるんです」

節子はぞっとして顔色が変った。隠そうと思うそばから、手は慄《ふる》えていた。しかしわが身が痩せ衰えて滅んでゆくことを望んでいるこの女には、怖ろしい勇気が湧いた。

「何を仰言《おっしゃ》ったってかまいませんわ。主人はそんなこと、気にもしない人なんですから。あなたって勇気がないのね。何のゆかりもない私をおどしておかかりになるなんて。順序としたら、むしろ与志子さんの御主人と直談判《じかだんぱん》をなさったらどうなの」

節子は自分の強さにおどろいていた。どこから出て来た力かわからなかった。むかしの彼女だったら、こんな場合、恐怖のあまり泣き出してしまったことであろう。

しかしむしろ飯田を怖れさせたのは、この強い語気、反撃の言葉そのものよりも、あきらかに指先まで慄えていながら、彼女が持していた石のように動かない顔であったかもしれない。陶酔と不安とのあいだを往復する生活のおかげで、節子はこのごろ自分でも気づかずに、突然そういう死面のような表情を見せる瞬間があった。彼女の内側からは突然感情が脱落し、何も考えない口は、思いもかけぬ不敵なことを言ったりしていた。

飯田は俄かに力を失って、匆々《そうそう》に帰った。節子は昂奮《こうふん》した頭で散歩に出た。

屋敷町の外れの駅前に、都心のドイツ人の店の出店がある。Have a German Rye Bread Sandwich & Beer！という広告が出ている。ストーブで暖かい店内に、ゴムの木や葉蘭《はらん》の鉢植《はちうえ》がある。珈琲《コーヒー》の匂いが流れている。大きな犬をつれた女中がパンを買いに来ている。他には客がない。

節子はスタンドに腰かけた。そして自分が倦怠《けんたい》のとりこになっていると想像しようと試みた。だめである。体はだるく、身内はほてっていて、いつもよりも鋭敏な頭が倦怠らしいものを寄せつけようとはしない。

節子は一人で珈琲を飲んだ。その茶碗《ちゃわん》の白い磁器の、いかにも鈍感な厚みが、唇《くちびる》にふれていくらか心を安らかにした。しかし今節子が望んでいるのは、安らかな心境などではない。

『こういうとき男ならお酒を呑《の》むのだろう』と考える。

『男は弱いから、逃げるために。……松木さんは決して逃げるなと私に言ったわ』

覚醒剤《かくせいざい》のおかげでますます明晰《めいせき》にものを見て、窓からプラタナスの枯木と、古い交番と、夕方の散歩に連れ出されている何疋《なんびき》かの犬を見て、……節子は、世界が何故《なぜ》こんなに明晰に見える必要があるのかと疑った。自分は今しがた、不貞を脅迫のたねにされた怖ろしい場面を切り抜けて来た。切り抜けて来て、ここへ来てみると、世界はこんなに簡明な、わかりやすい形で存在している。彼女はかつてそんな世界の中に住むことのできた自分を、今ではどうしても信じることができないのである。

第十八節

節子は時を移し、日を移し、月を移した。冬はいつのまにか色あせていた。飯田の脅迫も竜頭蛇尾《りゅうとうだび》のまま、何の事件も起さずに消えてしまった。この純情な男は性根のすわったブラックメイラーたるためには、あまりに利害を度外視しすぎていたのである。

破局というものは、一歩手前で止まって方向を転ずることもあると学んだ節子は、一つの事件が時の中へ沈み、又別の事件が浮んでくるまで、泰然として待っていればいいと思うようにさえなっていた。

与志子には、飯田の来訪を話さずにおいた。与志子も、その後の飯田について何も語らず、すべての風波はすぎてさばさばした顔をしていた。その平安な顔つきを見ると、節子は又妬《ねた》ましくなって、いっそあのとき、飯田の言うなりに与志子を逢《あ》わせておけばよかったなどと考えるのであった。

朝のうちに牡丹雪《ぼたんゆき》が降って、午後はおおらかに晴れたり、まるで陽春の暖かさが、突風の来たあとで俄《にわ》かに肌寒《はださむ》い陽気になったり、三月上旬というころには、そうなるのが常である。土屋とのあいびきは機械的につづいている。節子は土屋の情婦になった。

逢瀬《おうせ》のたびの別れぎわに、もう逢うまいと思うことは、寝る前の祈禱《きとう》のように、節子の形式的な習慣になった。そして一度「別れ」を思いつくと、それは今日思いついて今日実行できる決心とはちがって、一年も前から考えつづけながらついに実行に及ばずにいる重大な決心のように思い做《な》された。こんな思いを雪だるまのように大きくして、……自分の力の及ばぬ力業《ちからわざ》のように誇張して、……節子はむなしく時を移しているのことの口実に使った。ひょっとすると、それは手もとの燐寸箱《マッチばこ》を卓のむこうへ片寄せるぐらいの労力しか要さないものかもしれなかった。一寸《ちょっと》指先を動かせば、それですんでしまう些事《さじ》かもしれなかった。

——しかしそんな思案は怖かった。指さきだけで、あれほどの重大事が片づいてしまうという考えは怖かった。そしてもし指先だけで片づいてしまうほど、それが何ら重大事ではないということになれば、そんな考えは何よりも怖《おそ》ろしかった！

春の予感はただでさえ不安であるが、春先の埃《ほこり》っぽい突風が窓を鳴らすのをきくと、節子は不安でいっぱいになり、やがて、死ぬ前兆ではないかとさえ思った。庭の枯芝の外れのかすかな草の芽も気味がわるい。空の雲はあいまいな奇怪な形象にみち、深夜ふいに窓を叩《たた》く雨も只《ただ》ならず感じられた。来かかっている春は、何か新らしい季節がはじまるというだけで、節子に嫌悪《けんお》を与えた。こちらの意志に斟酌《しんしゃく》なくやって来るものは、それが春であろうと、何であろうと、節子の敵だったのである。

すぐる年の夏、節子は心ゆくばかり自然と和解していた。あの海、空の雲、風、すべては節子の体内に自由に入って来て、自由に呼吸して、節子の肉慾《にくよく》と一つものになっていた。今ではそういうものはみんな敵にまわった。この身のまわりの春の自然の変容は忌《いま》わしかった。

或《あ》る朝節子は嘔吐《おうと》におそわれた。良人《おっと》に気づかれぬように手洗いへ駈《か》け込んで、吐いた。蒼《あお》い顔色を紅を濃く刷《は》いてごまかしたあとでは食慾が蘇《よみがえ》って来たが、折角とった朝食もまた戻《もど》してしまった。

それは決して予期しない出来事ではなかった。しかし自分の肉体のこんなにも酷薄な冷厳なくりかえしの、一寸比べるものもない正直さに呆《あき》れ果てて、節子は今まで自分が人工を憎んで、ひたすら自然の法則に忠実であったことが、一体正しかったのかどうか疑われた。良人を送り出して冷静になると、彼女の肚《はら》は決った。結局それは正しかったのだ。心だけではどうにもならないことを、肉体が、要するに自然が、こうして一見冷酷な仕打で以《もっ》て、片付けてくれるかもしれないのである。心が物を言いつくして、何の甲斐《かい》もなかった末に、急にこうして、自然が思いがけず強い口調で物を言いだした。節子はこれを聴かなければならない。

彼女は身構えた。こんな衰えを、とことんまで受け入れねばならぬ。日と共に今度の悪阻《つわり》は、今まで軽かったことのない例から比べても、格段に重く劇烈なのがわかった。ひねもす絶えない不快は、白っぽい灰いろの地獄であった。だが、生理的な不快ほど、心の悩みのよい隠れ家《が》になるものはないと節子は知った。

困るのは不快そのものではなく、不快を隠さなければならないことである。何やかと口実をつけて、自分だけの附合《つきあい》を断わるのはむしろ容易だったが、ある晩、良人の仕事の関係の外人から、誕生日の祝いに招かれて、夫婦そろって出かけたとき、節子はおそろしい目に会った。

彼女は胃をこわしていると愬《うった》えていたので、むりに食事を強《し》いられることはなかった。食事は殊《こと》にビュフェであって、食べたくないものは喰《た》べずにすんだ。どうやら今夜は切抜けることができそうだと節子は思った。

食事がすむ。春寒の夜で、みんなで煖炉《だんろ》をかこんでディジェスティフを呑《の》む。その炉棚《ろだな》に、一対《いっつい》の赤い大きな蠟燭《ろうそく》がともされている。

その晩それまで節子は嘔気《はきけ》におそわれず、近ごろになく食も進んだのに、食後に部屋を移して、深い椅子《いす》にかけて、外人の一人に話しかけられて、ふと炉棚に目をやったとき、その一対の赤い蠟燭が目に入ったのである。

見るなり節子はめまいを感じた。嘔気がこみあげ、口のなかに酸《す》いものが湧《わ》いた。赤い蠟燭は、常ならば何でもないのに、見るも不快で忌《い》まわしかった。その蠟の鈍い光沢、その毒々しい赤さ、……彼女の歯は強いられて蠟を嚙《か》んでいるように思われ、舌は強いられて蠟を味わっているように思われる。

節子は急に手巾《ハンカチ》で口を押えて、手洗いへ急いで、吐いた。

しかし吐いたあとも胸は穏やかでなかった。又あの蠟燭のある部屋へかえることは怖ろしかった。そこには話声や音楽があり、十数人の男女がいるのに、節子の心には赤い蠟燭しかなく、赤い蠟燭だけが凝然と立って待ち構えている部屋へ、一人でかえって行くような気がする。

良人を呼ぶべきか？　節子はドアを薄目にあけた。向うに喋《しゃべ》っている良人のひろい背中が見える。そこまで声は届きそうにない。いずれにせよ、これは良人の助力を仰ぐべき事柄《ことがら》ではない。節子は勇を鼓して部屋に入った。

炉棚のなるべく遠くにいて、そのほうを見ないようにして、彼女はつとめて朗らかに笑った。着ているカクテル・ドレスは、仕立上りのときに土屋と食事をしに行ったその服であった。

赤い蠟燭のほうを見まいとする。見まいとするがつい見てしまう。焰《ほのお》がゆらめき、淡紅の溶けかかった蠟が見える。節子は又嘔気におそわれた。そして二度目の嘔吐《おうと》のあと、彼女は手洗いで倒れそうになった。

廊下でゆき会った女中に、節子は良人を呼んで来てくれるようにとたのんだ。

あわただしい辞去、外人たちの仰々しい見舞の言葉、……節子はかえりの車のなかでは、嘘《うそ》のように嘔気がなくなっていたが、いたわりながらパーティの不首尾を思って困惑している良人に調子を合せ、彼女はまだ不快を装っていた。

「一体どうしたんだろうね、君の体は」

とうとう良人が言い出した。節子は良人には嘔気を愬《うった》えずに、胃痛を愬えていたのである。

「胃のところを押えていてやろうか」

「いいのよ。押えていただくと却《かえ》って私、……。多分、胃が悪いのではなくて、神経性のものだろうと思うの」

良人は医者に見せなければならぬとしきりに言ったが、勝手に医者を呼ばれることを怖れた節子は、明日必ず指圧師を呼ぶと約束した。良人は自分の心配が、ただ仕事の交際の不首尾についての心配だと妻に思われはせぬかと警戒して、しきりにそんな親身の心配を誇張しているのが節子にはわからぬではない。しかしこの可愛《かわい》らしい虚栄心を、節子は自分から遥《はる》か遠く、何の関係もないところで動いている心理のように感じた。良人のこうした心の動きに、何ら好悪《こうお》の判断を抱かない自分に節子はおどろいた。

ようよう良人が匙《さじ》を投げてこう言った。

「それならまあ指圧師でもいいさ。君は全く近代医学を信じないんだな」

あくる朝、良人が出かけて間もなく、指圧師がやって来る。節子は何の症状も愬えなかった。ただ過労の気味があるから療治をたのみたいと言ったのである。

この黒眼鏡をかけた無表情な、枯木のように痩《や》せた男は、指は無礼なほどの強い力をたえず働らかせながら、話す言葉は慇懃《いんぎん》をきわめている。彼がしばらく黙々として揉《も》んでいるあいだ、節子は久々に、何も物を思わぬ自分を感じた。ここに揉まれている肉、押されて凹《くぼ》む肉、……これだけが自分であればよいのだが。

突然指圧師が慇懃にこう訊《き》いた。

「失礼でございますが奥様、御《ご》妊娠《にんしん》ではございませんかね」

節子は身を固くした。胸の鼓動は早くなった。言葉は思わず怒気を含んでいた。

「いいえ、とんでもないわ。そんなことはないことよ」

「これは失礼をいたしました。私の思いちがいでございましょう。永年のカンにたよって物を申しますと、ときどき途方もない思いちがいをいたしますから。……本当にこれは失礼をいたしました」

――節子は一日も早く搔爬《そうは》をせねばならぬと思った。

一週間にわたって、節子はほとんど物を喰べていなかった。衰えは全身にあらわれ、一寸した階段を昇るにも息が弾んだ。

女医は体をしらべ、その衰弱に愕《おどろ》いて、麻酔は心臓に危険であるから、麻酔なしの手術をしなければならないが、それでもよいかと尋ねた。節子はいいと答えた。

「どうしても我慢がおできにならなかったら、遠慮なく声をお立てになるんですね。

そうしたら吸入麻酔をかけて差上げますから。吸入麻酔なら心臓に影響はありませんから」

と女医は言った。

節子を待ち構えていた地獄がここに在ったのを節子は知った。横たわった彼女は手足を固く縛られた。手術のはじまる前から、その掌《てのひら》には冷たい汗がしとどになった。きっと私は死ぬだろう。汚名の中で、不名誉の只中《ただなか》で、私は死ぬだろうと節子は思った。病院には友だちの住所と、いつわりの名が書いてある。友だちが駈《か》けつけて私の亡骸《なきがら》に会うだろう。やがて良人が屍体《したい》を引取りに来るだろう。それでもなおかつ、彼は私のあやまちに気がつかぬだろう。菊夫は泣くだろう。彼は私を恕《ゆる》すだろう。

……

節子は土屋のことを思うまいとする。それでも一等鮮明にうかんで来るのはその顔である。死んでゆく手を握っていてもらいたいと思うのは、やはりその手である。しかし節子の死を知って泣く彼を想像するよりは、死を知りながら口笛を吹いて、折からの春の野へ散歩に出かける彼を想像することのほうが楽である。或るネクタイの柄《がら》が決して彼に似合わぬように、あの青年には悲嘆や苦悩は似合いそうもない。死ねばそのとき、あらゆる屈辱は灰に帰する。私は自分の屍《しかばね》を、春の野に委《ゆだ》ねるだろう。野火のあとの黒い灰のなかに、私の灰がまざるだろう。雨が枯草の灰と私の灰をひとつに融《と》かし、私は自然に受け容《い》れられるだろう。節子は死ぬことばかりを考えている。掻爬がすんで、すべてが旧に復して、健康が恢復《かいふく》して、さてその先はということ、その先を考えることがどうしてもできないのである。

「消毒をいたしますからね」

そういう女医の落着いた声がした。あとでわかったことだが、女医はそういう言葉で欺《だま》して、患者の苦痛の予感を拭《ぬぐ》うのであった。

苦痛の明晰《めいせき》さには、何か魂に有益なものがある。どんな思想も、またどんな感覚も、烈《はげ》しい苦痛ほどの明晰さに達することはできない。よかれあしかれ、それは世界を直視させる。

あとになって思うと、節子はこれほどの苦痛に耐える力を、徐々に育てていたわけであるが、こんな苦痛により、又それに耐えることにより、節子は自分の久しい悩みの凡庸な性格を払拭《ふっしょく》して、非凡な女になったのだった。おそろしい苦痛にさいなまれながら、声一つ立てなかった。そこで女医は、用意した吸入麻酔の使用も控えてしまった。

「さあ、二度目の消毒をいたしますよ」

というやさしい言葉を、節子は苦痛のはての、極度の苦味《にがみ》がもはや甘味としか感じられぬような、感覚の尺度を失った状態で聴いた。それにもかかわらず、彼女はこれが死ぬことだとは思わなかった。苦痛とそれに耐えている自分との関係は、何か光りかがやくほど充実していて、それがそのまま死の虚脱へつづいているとは思えなかった。節子がいて、苦痛がある。それだけで世界は充《み》たされている。葬《ほうむ》り去られる子供のことも念頭にうかばぬ。……もはや節子は、土屋の名をさえ呼ばなかった。

――その晩節子は夢一つ見ずに熟睡した。あくる朝の空はいつもよりも青く思われた。

次の晩、牛に追いかけられて、机から机へと逃げ歩く奇怪な夢にうなされた。

更に次の晩の夢にようよう胎児があらわれた。殉教者の墓があばかれて、血みどろの胎児が這《は》い出して来た夢を見たのである。

節子はあのような苦痛をとおして得た力が今の衰えた身にも消えずにいて、そればかりか力の自信がますます募るのを感じ、この力こそ、別れの決心を促す力だとさとるにいたった。日に百ぺんも、土屋の名を呼ぶかわりに、「別れ」という言葉を呼んだ。それは力として意識されてはいるが、実のところ、これほどの酷使に耐えきれなくなった生命の、自衛の本能かもしれなかった。死をとおりぬけた今では死は怖かった。

しかしあの痛み、あの苦しみの鮮明きわまる記憶は、却って未練のたねにもなった。それが結局土屋に起因する苦痛であったことを思うと、今土屋と別れることは、すでに秘密の甘い暗い記憶のもっとも鮮明な部分になりつつあるあの誇らしい苦痛の記憶とも、別れることに他《ほか》ならなかったからである。

節子は巧妙なすりかえをしようとしている自分に気づかなかった。土屋と別れにくくしている快楽の絆《きずな》を、もっといかめしい、あるいはもっと鞏固《きょうこ》な、苦痛の絆にすりかえようとしている自分に気づかなかった。

突然友の一人から電話がかかって、松木の訃《ふ》を報じた。久しく世間から遠ざかっていたその人の死を、紙面に載せた新聞は一つもなかった。

感じ易《やす》くなっていた節子はそのしらせに泣き、たまたま松木の死が彼女の手術と日を同じゅうしていた暗合におどろいた。あの孤独な老人は節子の身代りに立って死んだように思われるのであった。そしてこんな想像ほど、節子を別れの決心にかり立てるものはなかった。又或る日の新聞が、乱脈な家庭の内部を赤新聞にあばかれたために、世に時めく人が自殺した事件を報じた。この事件は世間が当人の気の弱さを批判する材料にもなったが、同時に、現代に稀《まれ》な道徳的行為だと称揚する声も起った。その人は清廉《せいれん》な人で、今まで自他に厳しい人だったから、こんな矛盾を発見して、耐えられなくなったということは在り得る。そしてその地位は、わずかな道徳的瑕瑾《かきん》もゆるされないほど、世の師表たるべき地位だったのである。

たまたま節子は前日から、里の父に午餐《ごさん》に呼ばれていた。そこで父娘《おやこ》二人きりの午餐の席では、当然今朝のこんな報道が話題になった。

里の父、藤井景安《かげやす》は六十五歳になっていた。白髪の美しい立派な家長で、気品も高く、穏やかなその人柄は世の敬慕の的になっていた。彼の生涯《しょうがい》には、どんなに虫眼鏡で探してみても、一つの政治的変節、一つの私行上の悖徳《はいとく》も見当らなかった。その結果として、現在の景安は、今までの職業とはちがった系列のものであるが、特に乞《こ》われて、あらゆる点から見て申し分のない人格の持主だけにふさわしい、国家の正義を代表するような地位に就いていた。

しかし景安は、決して他を律するに厳しい人ではなかった。その人となりは寛厚であった。もし他人の罪過がこの身にふりかかって来れば、自らの不徳の致すところと思って、いさぎよく身を退《ひ》くような種類の人だったのだ。

節子はとりわけ父に愛されていた。決して依怙《えこ》ひいきをするような父親ではなかったが、節子は数ある娘のなかでも特に父になつき、又父の目から見ると、彼女は一等たよりなく、何らかの庇護《ひご》をたえず必要としているように見えたのである。

多忙な仕事のあいまに、たまたま中食の時間があくと、景安はほうぼうの婚家から娘を一人ずつ午餐に呼ぶことがあり、これが生活の大きな慰めになった。一人ずつ呼ぶのは、それぞれの家庭の問題を、他の姉妹に知られたくあるまいという心やりからで、しかし何事にも節度のある景安は、自分から進んで彼女たちの家庭の秘事を聴き出そうという態度に出たことはなかった。娘の一人は貧しい篤学《とくがく》の学者に嫁《か》しており、この娘には午餐の土産に、実にさりげなく過分の小遣が渡された。

その日節子が招かれて行ったのは、旧財閥の当主の邸《やしき》で、今は会員制度の倶楽部《クラブ》になっている静かな場所である。ひろい邸内にいくつかの小館がある。それぞれ二三の洋間とサンルームを持っている。そこで二人きりのゆっくりした食事ができるのである。

小館毎《ごと》に可成《かなり》大きな庭がついていて、芝生の外れには夥《おびただ》しい椿《つばき》が咲いている。見事な桜の古木があるがまだ蕾《つぼみ》である。木々のたたずまいにも奥床しさがあり、東京の焼け残った屋敷町のむかしを偲《しの》ばせている。父はまだ来ていなかった。節子は古い落着いた長椅子に身をゆだねた。煖炉《だんろ》に火のないことが、かすかに淋しい感じのする程度の陽気である。ここは東京の只中とも思えない。車のひびきはどこにもしない。

日ざしの美しい枯芝の庭を眺《なが》めながら、節子はこのつかのまの安息をしみじみと味わった。父の好みで黒のカクテル・スーツを着た節子は、その形のよい脚を火の気のない煖炉のほうへ伸ばした。その形の美しさはまだ決して毀《こぼ》たれてはいなかった。たまさかの安息の裡《うち》に、忽《たちま》ち疲労と倦《だる》さのにじんでくるあの病気の感じも今日はなかった。今日の安息には身を引きしめる何かいきいきとしたものがあった。

やがて入ってきた父親はこの爽《さわ》やかな顔つきにすぐ気がついた。「元気そうで結構だ」と、つい一週間前に情人の胤《たね》を下ろした娘に、こう言った。「しかし何だね。すこし痩《や》せたように思うが気のせいだろうか」

父娘はいろいろと他愛もない話をした。景安のただ一つの欠点というべきは、その会話にユーモアと機智《きち》のないことだった。節子はそれに合わせながら、あの平明な藤井家の空気を思い出した。節子にはわかった。ここ一年の不まじめな情事に揉まれて、私は機智に疲れたのだと。それがどんなにすばらしい機智であるにもせよ、節子は機智に馴染《なじ》まぬ生れつきではなかったか？

食事の用意の調ったことが告げられた。二人は庭に臨む部屋で食卓についた。糊《のり》の利《き》いたナプキンを膝《ひざ》にひろげる。そうして前菜の運ばれるのを待っている。そのとき今朝の新聞の話題が出たのである。

「そう親しいというのではないが、私はあの人を知っていたよ」と景安は言った。「立派な人だったね。申し分のない人だった。それでいて、何とも言いようのない不幸な人だった」

「でも自殺なさる程のことがあったでしょうか」

「それはその人その人の性格に依《よ》ることで致し方がない」

前菜が来て、二人は食事をはじめた。節子は何の変哲もない食慾を新鮮に感じ、人生というものは、第一義を失ったって、生き抜いてゆくことができそうだという臆測《おくそく》を抱いた。

しかし節子はこの瞬間、目前の自殺者の話題から急に烈しい衝撃を感じ、一旦《いったん》陥った安穏《あんのん》な気持からつきはなされた。突然その話題が、ただの新聞記事ではなくなって、自分たち父娘の間柄にのりうつって来たのである。はじめて自分の恋と、父の職業上の良心とを、一本の糸でまっすぐにつないでみた。節子は恐怖に搏《う》たれた。

「もしね、……もしかりによ。お父様の周囲にそんなことが持ち上ったとしたらどうなさる？　やっぱり自殺をなさるでしょうか」

節子の声は多少慄《ふる》えた。景安は言下に答えた。

「自殺はしないね。……自殺は私の考えでは罪悪だと思うから、自殺はしないが、そうだね、もしそんなことがあったら、その日のうちに私は辞表を出すだろう。私の家族ばかりじゃない。嫁に行った娘たちのどれかに過ちがあっても、私の仕事の立場からは面白《おもしろ》くない。私にとっては、それが明るみに出ると否《いな》とは問わず、私がその事実を知っただけで十分だね。そうしたらその日に辞表を出して、世間から身を隠してしまうつもりだ。幸いにして私の周囲にはそういうことはないし、あの自殺した人に比べると、私は恵まれすぎていると思うくらいだ。仕事の心労こそいろいろあるけれど、節子、一言《ひとこと》で言って今の私は仕合せだよ」

それはむしろ感謝の言葉だった。この言葉は節子の心にさまざまの感慨を巻き起した。彼女は新聞種になるように生れついた女ではなかった。藤井家の平和な、明るい、道徳的な一族、矩《のり》を超えようともせず、欲望に煩《わずら》わされもしない一族、退屈に苦しめられない心、不まじめな事に身を賭《か》けたりしない堅実さ、そういうものは又節子のものであった筈だ。事実恋をする前の節子は、そういうものに何の抵抗も感じていなかった。

この日の午餐で節子ははっきり別れる決心がついた。彼女はすでに偽善を意識して、それを愛して、それを選んでいた。偽善にもなかなかいいところがある。偽善の裡に住みさえすれば、人が美徳と呼ぶものに対して、心の渇きを覚えたりすることはなくなるのである。望むらくはそれがまた、あらゆる渇きを止《と》めて……。

第十九節

四月に入ってから雪が降り、六分咲きの桜に、たわわにつもったりする。それは奇異な眺《なが》めである。

そしてつづく二三日も大そう寒い。

あしたは土屋との久々のあいびきである。節子は電話で前に話して、われわれはもう子供ではないのだから、ただいたわり合うために逢《あ》ってもはじまらない、身体《からだ》がすっかり旧に復してから逢おうと言って置いたのである。こんな果敢な、ものわかりのいい言い方を、土屋は節子の進歩と受けとったようであった。

明日はその日であり、別れを告げるべき日である。そして節子がそのためにあれほどまでに悩んだ快楽の終るべき日である。節子の心はその最後の快楽を美しく飾った。麻酔のない手術の経験で、苦痛と死と快楽の思い出とのなまなましい類似を知った彼女は、死を前にした最後の快楽だとか、快楽のただなかの死だとかの観念に熱中した。あたかも節子は、もう一度あの怖《おそ》ろしい手術を、あした受けようと望んでいるかのようであった。

節子は明日に期待をかけた。これほど強く明日を夢みたことはなかった気がした。そして明日こそ、これが最後の機会と知った土屋が、一気に節子の情熱の高みにまで登って来て、同じ感激と同じ涙に身をひたして、節子の永らく夢みてきた夢を共にしてくれる日だと思われた。

『……でも大丈夫だろうか？』と節子はすこし不安になった。『いざ私が別れると言い出したら、あの人は別れたがらないのじゃないかしら。その瀬戸際《せとぎわ》になってあの人は私に縋《すが》りつき、未練の涙（ああ、それこそあの人のはじめて見せる涙！）で、私の翻意《ほんい》を求めるのではないかしら。それでも私にはふりきって別れる力があるだろうか。……こんなに唐突に別れを切り出す前に、もっと何度も、別れの瀬踏みをしておくべきだった！』

しかし一度として、そんな瀬踏みを試みる勇気のなかった節子である。

その当日も曇ってうすら寒い。節子は今日一日朗らかな表情を保つことを望んでいる。そのために、いつもより念入りな化粧もあまつさえすこし濃目《こいめ》にする。常用の香水、ジャン・パトウのジョイをつける。

――二人は朗らかに食事をし、日ごろからそれを選んで見て歩く姦通《かんつう》の映画の一つを見た。それはイタリヤ風の大悲劇で、節子は思わず涙を誘われそうになったが、大体において彼女の芝居は巧《うま》く行き、いくらか口数が少なくても、土屋から殊更《ことさら》な質問をうけずにすんだ。土屋は実に習慣的な態度でタクシーのドアをあけ、節子を先に乗せた。二人は馴染《なじみ》の宿へ行った。

その晩の宿の、良い部屋はみなふさがっていて、通されたのは窄苦《せまくる》しい洋間である。まんなかにベッドがしらじらしく据《す》えてある。窓の帷《とばり》を透かして、そのホテルの看板の大きなネオンの裏側が、明滅するままに部屋を明るくしたり暗くしたりする。二人は窓ぎわのせまい長椅子《ながいす》に腰を下ろして黙っていた。女中が茶を運んで来て、引き退《さが》る。それでも節子が黙っているのを見て、土屋はいくらか不安を感じたものか、いつもならもう少し巧くやることを、いかにも露骨に習慣的に感じられるようにやってのけた。接吻《せっぷん》をしながら、片手を背にまわし、片手で服の上から乳房を揉《も》んだのである。

節子はその態度の常套《じょうとう》的なことに傷つけられたが、彼の唇《くちびる》を否《いな》むわけにはゆかず、乳房に触れられると、忽《たちま》ち稲妻が走って、身の奥深いところを、小気味よく絞り上げられるような感覚を否むわけにはゆかない。これはここ数週間忘れていた筈《はず》の感覚である。殊にあの劇痛のあとでは、夙《と》うに拭《ぬぐ》い去られていた筈の感覚である。しかも一度それが呼びさまされると、記憶は直線的に過去へとつながれ、すべてを等しなみに均《なら》してしまうのである。

節子はネオンの裏側の赤光に目を射られて我に返った。このままではいけない。このままでは又、立直る機を逸してしまう。……彼女は土屋の手を辛うじて押しのけた。

「その前に一寸《ちょっと》お話があるのよ。とても大事なお話が……」

そこまで言うと、幸いに溢《あふ》れ出た涙が節子の頬《ほお》を覆《おお》った。

節子は土屋の胸にもたれて、泣きながら長い物語をした。自分がどんなに苦しんだか。どんなに別れるべきだと思って、それを敢《あえ》てしなかったか。どんなに二人の恋にはこの先の望みがないか。袋小路であることを知りつつ、追いつめられねばならなかったか。こういう立場に置かれた女がどれほど不幸にならねばならないか。

「あなたはいいわ。あなたは自由だわ。あなたは何もお困りになることはないわ」

——それが節子のリフレインをなした。

彼女は縷々《るる》と述べた。ほとんど自分が死の寸前まで行ったこと。人の力の限りをつくして闘ったこと。そのあげくに達した結論がこれであり、もはや決心は固いのだから、どうか同意してほしいということ。……最後に節子はこう言った。

「今夜でおしまいにしましょうね。今夜を本当にいい思い出にしましょうね」

土屋は終始黙ってきいていた。泣きながら一人で語っている節子は、この沈黙の含む意味に気づかなかった。彼女は土屋が決して泣いたりしていないことにも気づかなかった。節子は体が空っぽになったようで、久しく言うべくして言わなかったことを、ついに口にしたという満ち足りた心地で泣いていた。

土屋はその髪に顔を伏せ、ワイシャツの腕を節子の背にまわして、そこを軽く愛撫《あいぶ》していた。それはたびたび節子にも感じられて、こんな劇烈な物語にふさわしくない子守唄《こもりうた》のような愛撫を、何度か拒もうとしたが、結局そのままにしておいた。

「わかるよ……わかるよ……」

と男は嗄《しわが》れた声で言った。その声は穏やかで、絶望の響きはなかった。

「わかるよ……わかるよ……」

と又言った。さしもの長い物語のあいだに、彼の言った言葉はこれだけだった。そして男の体の温かみが、涙のかなたに、ようやくありありと感じられるころ、節子は、今夜でおしまいにしましょうね、と言ったのである。彼女は土屋が、いつかの夜のように、涙で塩垂れた女の体を、黙って寝台《ねだい》へ運んでゆくだろうと信じた。

どうしたことか！ 土屋は動かなかった。

彼は手の辷《すべ》るほどに涙で光った節子の頬を両手で挟《はさ》んだ。節子はそうされて、死にかけた人のように、一寸目をひらきかけたが又閉じた。

「いいかい。こんな話のあとでは……」と男はごくゆっくりと、半ば感傷をまじえた調子の温かい声で言った。かつて与志子が心をとめたように、この青年は自分の声の性的魅力に自信があったのである。しかもこの期《ご》に及んで！

「いいかい。こんな話のあとでは……」と彼はくりかえした。「……そんなことは出来やしないさ。男はそういう風に出来ているんだ。それに君のためにも……。君のためにも、なんて言うのはよそうね。われわれのためにはそのほうがいいんだ。折角ここまで決心したのに、そんなことをしたら、元の杢阿弥《もくあみ》になってしまうじゃないか。僕《ぼく》はね、今またそんなことをすれば、自分が元の杢阿弥にならないという自信がないんだ」

土屋がこんな言葉で、すでに別れを既定の事実にすりかえてしまっているのを、節子は夢うつつにきいた。彼女は急いで同意し、できるかぎり素直に、急いでうなずいた。

「今夜はゆっくり話そう。何もしないで、ゆっくり話して、気持よく過ごそうね」

やがて土屋がそう言うのを節子はきいた。彼が決して「別れ」という言葉を使わぬ微妙な神経。……しかしまずその言葉に、黙って判を捺《お》したのは彼だったのだ。

何もしないでただ話をしていることは、こんな種類の部屋では何という息苦しさだろう。土屋が自分の手巾《ハンカチ》で節子の涙を丹念に拭《ふ》いた。さて話そうと身構えると何の話もなくなって、二人は思い思いの考えに耽《ふけ》っていた。土屋はお悔みに行ったような顔をして。

節子は昨夜あれほどに描いた情熱の幻影が、こうしてのこらず裏切られてみても、何の失望も落胆《らくたん》も感じない自分におどろいた。

今在るのは、まだ解放感ではなく、一つの事を仕遂げたあとの、何か理窟《りくつ》っぽい満足だけであった。別れとはこれだけのことかと節子は思った。

彼女のかたわらには、あやうく父となることを免《まぬ》かれた一人の清潔な青年が坐《すわ》っている。腹立たしいことには、彼は今なお清潔に見えた。それにしても、こんな顔が忽ち目の前から消えてゆき、群衆の中へまぎれ込んでしまうという事実が一体何だろう。

節子は、旅立ちの折に旅行者が、自分のうしろへ残してゆく風景に向って最後の一瞥《いちべつ》を投げるように、それを眺めているのである。

土屋のいたわり。実に用意周到なそのいたわり。今夜の彼はまるで医者のようにやさしかった。

しかしその目は怠りなく、節子の心が一旦《いったん》踏み出した軌道を、二度と外《はず》れぬように見張っていた。綿密で、注意深くて、……しかも未練を押し隠している風情《ふぜい》をさえ見せていた。彼はこの別れに関して、自分が払うべき犠牲の大きさを誇張して示し、被害者の立場を装うことを忘れなかった。女の口から別れが言い出されたことで、いたく傷ついたふりさえした。かつは又、別れを言い出したのが節子自身であることを、節子が一瞬も忘れぬように取り計らった。はじめて恋を告げ、はじめて旅に誘ったのが節子自身であることを、いつも節子に鮮明に思い出させつづけた、それと同じ遣口《やりくち》で。

節子にはふいに眼鏡をかけた人のように、これらのことがありありと見えるのであった。この青年が一旦別れを言い出した節子の飜意《ほんい》をおそれて、腫《は》れ物にさわるように節子を扱うのを。彼が一言半句の言質《げんち》もとられまいとして、身も心も緊張しているのを。

考え深く瞳《ひとみ》を動かして、土屋は水を満たしたコップから一滴も洩《も》らさぬように、そのコップを両手に捧《ささ》げて歩いてゆく子供みたいに見えた。爪先《つまさき》立って、ゆっくりと踵《かかと》を下ろして、……今やその言葉さえ過度にゆっくりしていた。

逆に、涙の乾いた節子には余裕ができた。別れようと言ったのは、只《ただ》の冗談だと言い出したら、この人はどんな顔をするだろうなどと彼女は思った。

ホテルを出ると、土屋は節子の悲しみの治療について、いろいろと親切な助言をした。こういう場合には、第三者に打明けるのが一等いいことだと彼は言った。そして馴染の酒場へ連れてゆき、そこのマダムを呼び出して、一緒に夜食をとりにゆき、土屋が今夜の別れの状況の委細を話した。節子は又泣き、マダムは貰《もら》い泣きをした。そして土屋をさんざん悪党呼ばわりして、こんな男と別れることは、きっとあとでいいことだったと思い当るにちがいないと慰めた。そういう慰めや、貰い泣きや、社交的な悪党呼ばわりは、すべて月並な筋立てであったが、節子は少し心が軽くなるような気がした。

「今日は友引かしら。別れ話がこれで三度目よ。Nさんの女は、お店へ来て大泣きに泣いたあげくに、グラスを床に叩《たた》きつけて三つも割ったわ。あんな人は二三日たてばケロリとするけれど、あなたみたいな可愛《かわい》い方は本当にお可哀《かわい》そう。でもあなたのなすったのは立派な決心ですわ。そのお気持を持ちつづけて、強くおなりにならなくてはね」

節子は自分を、褒《ほ》められ、慰められ、励まされている小さな子供のように感じた。自分の悲しみが、類型化されて扱われることに一等慰めを感じた。

彼女はふと目をあげて、土屋、このつつましい立会人の顔を眺めた。そこには何か新鮮なものがあった。彼の目、彼の頰、彼の唇、それは今や悉《ことごと》く習慣と旧套《きゅうとう》を脱ぎ捨てて、まるで見知らぬ男の目と頰と唇になっていた。節子をしばしば腹立たしくさせた、紋切型の態度も消え去った。その結果今の彼は、誠実そのものにさえ見えるのであった。

深夜であった。土屋が家まで送ってゆくと言って節子をタクシーに乗せた。しかし節子は運転手に別の行先を命じた。二人でたびたび歩いた公園の前までゆき、そこで土屋も下ろして車を去らせた。

四月というのに肌寒《はださむ》い夜である。銀杏《いちょう》並木はもう芽吹いているが、その芽吹きは昼のあいだ、黒い魁偉《かいい》な姿の幹から出たかぼそい枝々をまぶしていて、強い単純な幹の輪郭をぼかして見せるまでになっている。しかし夜になるとそのぼかしは消え、まだ冬のままの黒いきびしい骨組だけが目立っている。それはなお、冬木立そのままに見えるのである。

散歩道は深閑としていた。

黙って肩を並べて歩くあいだ、土屋のいそぎ足に、非難を投げようとして節子は控えた。彼がいそいで歩こうが歩くまいが、すでに節子の関《かか》わるべきことではなかった。しかし彼女は、決して追随せずに歩度をゆるめた。さすがの土屋も気づいて、その歩みは遅くなった。

もっと早く気づくべき疑いだったのだが、節子はここ数時間、一つの疑問のまわりをめぐって、その疑問ばかりを心にくりかえした。

『私の苦しみは、もしかすると、私一人きりのものだったのではないかしら。すべては私一人の上に起った出来事だったのではないかしら。……』

別れがいよいよ目前に迫ったと思うと、とうとう耐えきれなくなって、彼女はその疑問を口に出した。しかしその表現は薄められ、曲げられて、一見別の問いかけ、というよりは、微《かす》かな独り言のようになっていた。

「ねえ、私たちは、本当に愛し合っていたんだとお思いにならない?」

土屋の返事は遅かった。彼はトレンチコートの襟《えり》を立て、両手をポケットにつっこんで、そのまま永いことうつむいて黙って歩いた。やがて彼は答えたが、この言葉にはたしかに彼の精一杯の誠実があって、節子もそれを本音と受けとることに吝《やぶ》さかではなかった。

「たしかに僕も愛していた。君はおそらく信じないだろうが、……そうして後になるほど、ますます信じなくなるだろうが、……それでも僕流には、愛せるだけのぎりぎりのところまで愛したつもりだ」

――それから二人には何もすることがなかった。尤《もっと》も別れの接吻が残っていた。木かげに入って短かい接吻をした。そこを出た。土屋がタクシーをとめた。しかし節子はもうその車には土屋を乗せずに、自分一人乗って……車は忽ち走り出した。

第二十節

一日一日、節子は待っていた。すべてが癒《い》えて新らしい眼界がひらけるだろうと。節子は待っていた。何か待つ目標のある場合とちがって、待つこと自体はもう辛《つら》くなかったが、それを持続させる力がなくなっていた。と云《い》って、力がなくなって、待たないですむようになったと云うのではない。待つという苦役は免《まぬ》かれないが、その苦役が今は無力感だけで支えられていると云おうか。節子はもう自分の身内には何の力も感じることができない。身のまわりは、雲の中にいるようにふわふわしていて、壁らしいものに手を支えようとしても、手は空《くう》をつかんで、体ごと倒れそうになる。節子の今居るのはそういう状況の裡《うち》である。

——土屋と別れたあくる朝、良人《おっと》との朝食の席で、彼女は朗らかに見えた。

とうとうこの人には知られずにすべてが片附《かたづ》いた。もう決してこの人の存在が気にかかることはあるまい。……そう思うと、節子には自分が、かつて良人の懐《ふとこ》ろへかえるについて心配した、そんな心配が滑稽《こっけい》に思われた。良人がこの朝ほど無害で稀薄《きはく》な存在に見えたことはなかった。

「ゆうべはかえりが遅かったんだね。僕は先に眠ってしまったよ」と彼は言った。『私にとって一等大切な瞬間には、この人はいつも眠っていてくれるんだわ』と節子は感謝を以《もっ》て考えた。『これからは私も眠れる。ともかく眠らなくては！』

苦悩などという言葉を、もう信じないようにしなくてはならない。きのうまで、それは生活にとって必須《ひっす》の言葉であった。今日はもう要らない。進んでそれを屑籠《くずかご》に投げ込んで、整理すべきものは整理しなければならない。とすると、今のこの心の空虚を、何と名付けるべきかに節子は迷った。これは苦悩でもない。痛みでもない。悲しみでもない。まして歓喜でもない。苦悩の燠《おき》のようなものかと思ってみるが、それでもない。苦悩は確実に過ぎ去ったのだ。しかし感情はなお確実に、時計の針のように、わき目もふらずに動いている。それはあらゆる意味を失った純粋な感情で、裸で、鋭敏で、傷つきやすく、わななないて、……ただ徒《いたず》らに正確に動いているのである。

自由になって至極平安な気持で暮しているつもりでいながら、節子は突然理由もなく菊夫を叱《しか》ったり、召使に当ったりした。

……節子は反響のない世界に住んでいた。どんなに泣こうと、叫ぼうと、呼びかけようと、決して谺《こだま》の返って来ない世界に住んだ。自分の声は遠のいて、かすれて、二度と返らぬまま消えて行った。その声を呼び返すことはできない。又もや不安にそそのかされ、次の嗚咽《おえつ》、次の叫び、次の呼び声をあげねばならぬ。やがて声は涸《か》れ、もう何の叫びも出なくなるであろう。

節子の永い午後が又はじまった。フレンチ窓のそばの籐椅子《とういす》が再び親しいものになった。彫像の真似《まね》がはじまり、庭の日ざしの満干《みちひ》をはかるのが仕事になった。

空は日に日に明るくなり、枝々は緑になった。人間の体には緑の繁《しげ》ることはない。しかし節子は、よく彫像の肩に小鳥のとまっているのを見るように、自分の肩や胸に小鳥がとまりに来て、勝手に囀《さえず》り合って、勝手に糞《ふん》をして、また飛び去ってゆくのを夢見る。そこまで彫像になり切れたらどんなにいいだろう。節子は、お互いに手紙のやりとりをすることもここ数ヶ月は止《や》めようという土屋との約束を破って、とうとう長い手紙を書いた。

………………。

「土屋さま。

あなたとお別れしてからの苦しみは、私の想像していたよりも、はるかに強い苦しみでした。私はかくもあなたをお慕いしていたのかとはじめて気がつきました。あれだけきっぱりと決心した私ですのに、お約束を破って、手紙をお出ししたりすることをおゆるし下さいませ。

あなたに手紙をお書きしていることが、今の私のできる、あなたとお話のできる唯《ゆい》一《いつ》の方法で、あなたがこれをお読みになることに満足感を得、幸福を感じます。でも手紙もこれが最後にしなければなりません。もし書くのなら、私の一生を通して書きつづけなければなりません。なぜなら私のあなたへの愛は、私が死ぬまで心の中で燃えつづけているからです。

今私は全速力で走っていた自動車が急ブレーキをかけて止った時におきる動揺のようなものを感じています。

この数ヶ月、たえずこの時のことを考え、覚悟していた上のお別れですのに、私が頭で想像していたことは、今私の味わっている苦しみからははるかに遠いものでした。私があなたを慕い、愛し、私の支柱はあなたであり、私の全身全霊はあなたにのみ集中されていたこと、私の愛がいかに大きかったかが、お別れしてからのち、はっきりとわかりました。

でも、そうだからとて、今となってはどうなるものでもなく、私は一人の力で、何がなんでもこの苦しみを耐えぬかなければなりません。こういう苦しみの経験は勿論《もちろん》はじめてのことですけれど、本当に本当に辛く、泣きの泣きの涙を流す悲痛なものです。でもこれはあなたをここまで愛せた大きな幸福へつながる苦しみでもあります。

今から思えば、去年の五月に旅へつれて行っていただいたころは幸福の絶頂でした。でもあの頃《ころ》からも、終りのあることはわかっておりましたが、私があなたを愛する感情を、その絶頂のままで押し通せたことは、辛いことであっても幸福なことにちがいありません。

あなたは泥試合《どろじあい》のような醜い別れにならないでよかったと仰言《おっしゃ》いましたけれども、私もそれをとてもおそれていました。あなたと私とはそんなことで終りを告げたくないと考えていました。美しいものだけで溢《あふ》れさせておきたいと心から願っていました。

身を切られるように辛いことでも、今こうなったことが私たちの上に最上のことなのかもしれません。とにかくそう考えることで諦《あき》らめるより仕方がありません。

今まではあと十日で、あと一週間であなたにお目にかかれるという思いが、私の支えになっていたのですが、今その支えがなくなってあなたを恋う気持が今までよりも一そう強く、あと一目でもあなたのお顔が見たい、五分でもよいからあなたとお会いしたいと願います。

あなたは私の前からお去りになったけれども、私は全身であなたを想《おも》い、私の涙はあなたのために流れ、私の頭はあなたのことで一ぱい、……私はつくづく人間の弱さを味わいます。死に別れたのなら諦らめもつき易《やす》いかもしれませんが、生き別れは耐え難《がた》いことです。

家の中で周囲の者にどんなに変な目で見られても説明もできず、誤解をされても弁解もできず、救いを得たくとも救いは得られず、私の心中を知る者は一人も居りません。私はあなたの御名を呼びつづけ、そしてこうしてあなたに手紙を書きつづけて行きたいのです。私がもうすこし心の落着きを得るまででも、手紙を書きつづけていたいのです。

あなたしか私には必要でなく、あなたさえ居ていただけたらと思います。あなたのところへ飛び込んでゆきたいとどんなに思っているかわかりませんけれど、それは私の周囲の秩序をこわさなければ出来ぬことで、二人のためにあまりに多くの犠牲を出す結果になり、人々を不幸にしての幸福はないかもしれません。やはり私はすべてを諦らめ、私が犠牲になればと考えるより他《ほか》ありません。私が自身に正直に行動すれば、何も知らぬ人たちへの不幸はあまりに大きくひろがります。私はこの決心を守るために、どうしてもすべてに耐えてゆかなければならないのでしょう。

これ以上書きつづけていても、同じことをくりかえすばかりです。でもこうしてあなたにペンを走らせていることが、今の私にできる最も直接にあなたにつながることと思えば、ペンをおきたくなくなるのです。

これほどまでにあなたを愛しておりますのに……、前にも書きましたように、急ブレーキをかけて止ったあとのその動揺は不自然で、これを耐えることに私の神経はくたくたです。本当に辛うございます。

でも一生けんめい耐えてまいります。

馬鹿《ばか》なことはいたしません。

最後のお願いとして、もしあなたから最後のお手紙がいただけたらと思います。辛い中にも、苦しい中にも、あなたから得た数々のたのしい思い出に、心から感謝をいたします。

節子

最愛の土屋様へ」

……………。

節子はこの手紙を出さずに、破って捨てた。

――一九五七年四月十五日――

解説

北原武夫

『仮面の告白』以後、『潮騒《しおさい》』『金閣寺』を経て、最近作の『宴《うたげ》のあと』に至るまで、三島氏には数多くの力作長編があるが、その中で、氏が自分の力量を心ゆくまで発揮し、自分の技能をほしいままに愉《たの》しんで、丁度声量豊かな大歌手が、お気に入りの聴衆を前にして即興の小曲をでも歌い上げるような、気楽にのびのびと書いたのが、この『美徳のよろめき』ではないかと僕《ぼく》は思う。小説家としての氏の才能の、最も重要な部分ではないまでも、最も特色的なものが、名選手が食後の散歩でもするような気軽さでもって、この作品の至るところに発揮されているのも、そのためだし、芸術家としての氏の揺がぬ自信が、庭いじりでもするような気安さでもって、他の力作よりも遥《はる》かに自然に、全編に浸透しているのが見られるのも、恐らくそのために違いない。

無論これは、才能のある作家なら誰《だれ》にでもできるというものではなく、一人の作家の裡《うち》に、雪が降り積むようにして徐々に自信ができ上がって来る過程と、世人の好評と愛読者の支持という外部の好条件とが、極く自然に合致する幸運な出会いによってしか望めないものだが、この作者の場合、その幸運が、まさに天賦《てんぷ》に備わっているというべきであろう。その意味では、その才能の華《はな》やかさを形容する場合、この作家ほど天稟という言葉がふさわしい作家はない。

僕が、この作者の書くものをいつも愛読しているとともに、僕などはついに恵まれなかったものを天性豊かに備えている点で、この作家をかねて敬愛しているのもそのためだが、そういえば、この三島由紀夫という作家は、僕が中学時代に愛読したあの谷崎潤一郎と、実によく似ている。両者とも、日本には珍しい耽美《たんび》主義的作家だという点で、先《ま》ず資質的によく似ているが、単にそれだけではない。作家としての生活態度、才能の広さ、作家的自信の強さ、世上に持っている愛読者層の揺ぎなさ、等々の点でも、三十数年の年齢を隔てたこの両作家は、実によく似ている。

小説の他《ほか》に劇作の点でも、谷崎氏に劣らぬ力量を見せている三島氏の才能の広さについては、ここでは詳述するわけにはゆかないが、作家としてのその生活態度の中でも、両者に最も共通しているのは、その審美的乃至《ないし》は耽美的傾向を、果敢に実生活の中に持ちこみ、よほど確乎《かっこ》とした合理的精神と、習俗を恐れぬ強い意志とがなければ、容易に実行できないこの両者の融合を、何の支障もなく、実にやすやすと実行していることだ。谷崎氏が『肉塊』『本牧夜話《ほんもく》』などという、(もしかしたら『痴人の愛』や『鮫人《こうじん》』などもそうではないのだろうか) 完全に欧風趣味化した、バタ臭い一聯《いちれん》の作品を書いたのは、東京を去って、生活の隅々《すみずみ》まで欧風化した生活を横浜で送っていた時だし、中期の傑作である『卍《まんじ》』や『蓼喰う虫《たでく》』等を氏が書いたのは、更に関西に移り住んで、阪神《はんしん》の岡本で、若い可憐《かれん》な愛人まで身辺の一調度と化せしめたような、極度に日本的な生活を営んでいた時だということは、既に多くの人に知られている。

谷崎氏に比べると遥かに若年の三島氏には、それほど大きな生活上の振幅がまだ見られないのは当然だが、何かというとバアに出かけて深夜まで酔い痴《し》れたり、バアの女と恋愛の交渉を持ったりする、いわゆる文士的な生活を氏が極度に嫌《きら》い、そんな四畳半的な場所で金銭と時間を浪費するくらいなら、キューバの浜辺《はまべ》やニューヨークの地下室で同じものを浪費した方が遥かに気が利《き》いてると、賢明にも、一管《いっかん》の筆で得たものを外遊の資に当てたり、世間の眼を気にするミミッチい日本人的根性では、到底大きな顔をして住めない、ロココ風の絢爛《けんらん》たる美邸を築いて住んだり、あらゆる面で、自己の耽美的傾向に徹した、合理的な生活態度を持している点は、昭和の谷崎潤一郎だと言っても決して言い過ぎではあるまい。

僕は、もし誤解がなければ、氏がしきりにボディビルに凝って、人工的男性美の達成に躍起となったり、例の文士劇と称するものに、なるべく白塗りで出演して大向うの喝采《かっさい》を呼びたがったり、その延長として、全く純粋な意味で喜々として映画に出演したり、果ては、揃《そろ》いの法被《はっぴ》を着て町内の御輿《みこし》をかついだりするのも、この同じ耽美精神の現れだと言いたいのだが、日本人の裡に牢固《ろうこ》としてひそんでいる、あの根強い形式的な道徳精神には、もしかしたらこの僕の見解は一笑に附されるかも知れない。僕一個の意見が失笑を買うことなどはどうでもいいが、ここで是非とも言っておきたいことは、作家精神と実生活の営み方との間には、葡萄《ぶどう》の実とそれからしぼられる葡萄酒の味以上に密接な関係があり、精神の閑暇を、バアや飲み屋の一隅でたっぷり堪《たん》能《のう》できる旧来の文士には、どんな時代の汚《よご》れにも染まない自由で真率な人間（『鏡子の家』の女主人公）や、姦通《かんつう》という悪徳を犯しても穢《けが》れることを知らない優雅な人間（『美徳のよろめき』の女主人公）の持つ、真の意味で贅沢《ぜいたく》な魂は、到底文字の上に創造できないということだ。いい意味での美的生活への配慮を、この二人の耽美主義的作家がいつも怠らないのは、従って理の当然であり、またそれを一管の筆によってよく支《ささ》えているのは、僕などの眼から見ると、実に見事という他はない。

そして、もうお分りのように、今書いた、作家としての生活態度を含む、この作家の特長ある資質のことごとくが、間奏曲風の美しさと暢達《ちょうたつ》さで、この中編の中にのびのびと発揮されているのである。

三島氏は、以前何処《どこ》かで、文学青年時代に最も影響を受けた小説の一つとして、レーモン・ラディゲの『ドルジェル伯の舞踏会』を挙《あ》げていたことがある。多分そうだろうと思って見当をつけていたのが当ったので、それを読んで僕は思わず微笑したが、ラディゲがその小説の中に、ラファイエット夫人の『クレーヴの奥方』の影響を伝えているのと同じ程度に、三島氏も、この小説の中に、『ドルジェル伯の舞踏会』の影響を伝えている。あの世にも優雅なマァオの姿は、そのまま、この『美徳のよろめき』の節子の姿だといっていい。影響を伝えているといっても、ラディゲのやった模倣がそうだったように、この作者の試みた模倣も、同系統の芸術の家元から、同質のカンヴァスを借りたというだけであって、構図の取り方はもとより、絵筆も絵具も、ことごとく自家製であることには、両者とも少しも変りがない。いや、その意味でいうと、『ドルジェル伯の舞踏会』では、同じ人妻でよその男に恋しながらも、決して肌身《はだみ》を許さなかった女主人公が、この大胆な東洋の遠縁の書いた小説の中では、身を許すことから恋愛をはじめる、果敢で臈《ろう》たけた人妻に見事に生れ変っているのを見て、もしかしたらさすがのラディゲも驚いたかも知れない。

三島氏のこの小説の持っている最大の美しさを語るのに、ラファイエット夫人やラディゲの名前をどうしてわざわざ引合いに出したか、(何ならこの作家のもう一人の遠縁の親戚《しんせき》であるオスカー・ワイルドの名を出してもいいが)もう読者にもお分りのように、前記の作家たちがその作品の中で、淑徳というものを実に微妙な手つきで扱ったように、この作家も、この小説の中で、それに劣らぬ繊細な手つきで背徳というものを扱っている点を、強調したかったからに他《ほか》ならない。その点では、『マドモアゼル・ド・モオパン』の作者など、まさに顔色なしというべきで、僕はそうはっきり言い切っていいと思うが、悪徳や背徳というものを、これほど見事に美化してみせた作家を、少なくとも日本の作家の中で僕はかつて見たことがない。

このことは、節子という女主人公の、生れも躾《しつけ》もいい、およそものの裏側を見ることをしない、天性幼児のように真率で無垢《むく》な魂にとって、姦通ということが、まるで異邦の珍らかな宝石かエキゾティスムのように感得されている点に注意すれば、すぐお分りになると思う。この鋭敏な作者が、この作中のあらゆる個所から、注意深い手つきで倫理的陰翳《いんえい》を除き去っているのもそのためだが、メカニックな心理分析的手法のことごとくを、地上にはあり得ないこの稀有《けう》な魂の微妙な一点に、挙げて集中しているのも、そのためだ。そしてそれは、全般的にもそうだが、この作の前半では、特に大きな成果を挙げている。例《たと》えばそれは、次のような個所である。

彼女がその美しいすらりとした脚《あし》と、肌《はだ》の無染《むぜん》の白さとを除いて、自分の肉体的魅力に大して自信を持っていず、又それに大して期待をかけていなかったということは、前にも述べたとおりである。その結果彼女は、これほど待ちこがれた最初の一夜の恋人の不手際《ふてぎわ》をも、罰する気持になるどころか、かえっていとしい気持で恕《ゆる》すのであった。

それればかりか節子は、一見世馴《よな》れた青年のこの意外な始末に、却《かえ》ってうれしさを感じた。こう思ったからである。

『きっとそうなんだわ。この方の肉体的なためらいは、私を今まであれほど苦しめて来たものと同じもの、つまり道徳的な潔癖さのおかげなんだわ。それを男の人は奇妙な羞恥心《しゅうちしん》で隠そうと努めるのね。いじらしいこと！』（傍点北原）

そしてこの心憎い作者は、この美しいシーンに更に心憎い註《ちゅう》をして、『節子はこのとき、何に似ていたと云って、一等、聖女に似ていただろう』と書いているが、この僕の余計な駄文《だぶん》をここまでお読みになった読者には、この不貞な人妻がどういう意味で「聖女」であり得たか、もう充分納得されただろうと思う。この「聖女」の意味が不幸にして汲《く》み取れない読者は、日本に数少ない耽美主義的作家が、精緻《せいち》な技巧を凝らして作り上げた、極度に人工的な美の世界には、残念ながら無縁の衆生《しゅじょう》だという他はあるまい。僕に言わせれば、ここで、不羈《ふき》奔放なこの作者は、彼一流の錬金術《れんきんじゅつ》によって、背徳という銅貨を、魂の優雅《エレガンス》さという金貨に見事に換金したのである。

（昭和三十五年十月、作家）

ミシマファイルふたたび―解説にかえて―

山田詠美

平成の終わりから令和の始まりにかけて、日本では不倫ばやりでした。いや、不倫なんぞ大昔からあったろう。ゴシップやスキャンダルの源として人々の興味をそそり、心をざわめかせ、古今東西、芸術や娯楽作品のテーマとしても取り上げられて来た。

そう思われる方も多いと思います。でも、私の言う「不倫ばやり」とは、そういう意味ではないのです。

既婚の男女が、その結婚生活の外で恋に身をやつすのを不倫と呼ぶなら、ええ、それは、はるか昔からありました。ちなみに不倫という言葉自体が一般社会に浸透したのは、八十三年頃のドラマからだそうです。私も、幾組かの友人夫婦が、そのグループ内で、他人のパートナーと、せつなくロマンティックな恋に落ちてしまう「金曜日の妻たちへ」シリーズを楽しみに観ていました。この頃、世の女性たちは、不可抗力のロマンスにうっとりしていたと思います。決して、不倫とは倫理に非ず、許すまじ！　などと目くじらを立ててはいなかったと記憶しています。私だって、あんな男とあんな恋に落ちたら、ああなっちゃうかもねー、とゆるーく憧れた人も多かったのではないかと。そして、そこには、善悪のジャッジがなかった。当事者だけの問題という認識で。

ところが、いつからでしょう。不倫は、どんなに責めても良い行為になってしまった。既婚者の恋は罪悪とされ、激しく糾弾されるように。その人が芸能人であったりしたら、公の場に引き摺り出されて謝罪を強要されるのです。まるで、十九世紀半ばの小説、ホーソーンの「緋文字（原題、ザ・スカーレット・レター）」の時代のようです。ちなみに、この「緋文字」は、姦通の罰として主人公へスターに付けられたAという赤い文字のこと。現代の日本なのに、この赤文字、いえ、緋文字を付けてやろうと他人の色恋に目を光らせている人々が大勢いるようなのです。

そこで、私は、やれやれ不倫ばやりなんだなあ……と、報道陣を前に釈明に追われる芸能人の方たちなんかを気の毒になあ、と見ていた訳ですが、あっ、と今気が付きました。「不倫ばやり」などではなかった。これは「不倫叩きばやり」だ。

世の中が保守化しているんでしょうか。それとも、自分だけ楽しい思いをしやがって、と忌々しく感じる気持の捌け口として、他人の恋を使う人が増えているのでしょうか。あるいは、正義の味方である自分に酔っている？

小説家としては、この風潮、おおいに気に食わないですね。だいたい、義憤を掲げて責め立てる側の人々は、不倫と浮気の区別すらついていない。（軽い、という形容詞を付けることが出来るのが浮気です。そして、それは、人間相手の行為を指すとは限らない。行きつけの店や嗜好品の場合もあります）

文学の世界では、ありとあらゆる手練手管を使って、男女の愛憎が描かれます。姦通、不倫、不貞などという世間的に後ろ暗いイメージのある関係は、ある種の作家にとってもっとも腕の鳴る分野かもしれません。

ものは言いようという言葉がありますが、作家は、世間のモラルをその独自の「言いよう」で引っくり返すことが出来る。同じエピソードがひとりの作家の手によって、ネガティヴな事象からポジティヴなそれに反転される。モノクロームの世界が一瞬の内に極彩色に塗り変えられる。そして、滅多にないことですが、人間の心情という命題を世にも美しい数式のように解いて見せる書き手もいるのです。

たとえば、三島由紀夫、その人のように。

私は幼ない頃から、こまっしゃくれた文学少女として育って来ましたが、中学のなかば頃から読書ノートを付けるようになったのでした。普段、日記など付ける決心をしても決して長続きなどしなかったのに、読んだ本とその感想を綴って行くのは実に楽しかった。

本の題名の前には、必ずナンバーを振り、その数が増えて行くに従って、読書傾向も変化したのです。耳年増ならぬ、目年増とでもいうのでしょうか。次第に、大人っぽい本を選ぶようになりました。そして、そんな時に出会ったのが、三島由紀夫だったのです。

それまでも、三島については知っていました。小学校の時、彼が自衛隊の市ヶ谷駐屯地で自決したというニュースを国語の先生が泣きながら伝えてくれましたから。でも、それによって、私の中には、三島由紀夫イコール歴史上の人物、のような印象が残ってしまい、読書欲はそそられなかったのでした。「禁色」やら「金閣寺」やら、何だか取っ付きにくい題名の本の作者らしいし。

ところが、「午後の曳航」だったか「青の時代」であったかは忘れてしまいましたが、とにかく長編とは言えない、かといって短編でもない、そのちょうど真ん中の中編と呼ぶのでしょうか、読み通しやすい長さの一冊を手に取ってから、三島に対する愛が芽生えてしまったのです。まさか、こんなにもおもしろく、大人の学びに満ちたものを書いた人だなんて!!

先の二冊に続き、「沈める滝」、「獣の戯れ」、「ラディゲの死」、「殉教」……夢中になって読み進めました。読書ノートは次第に「ミシマファイル」の様相を呈して行き、「美徳のよろめき」に出会う頃には、いっぱしの三島通（短編、中編限定）のつもりになってしまったのです。

とは言え、まだ中学生のガキです。この人のこの気持は、どんなところから生まれて来るの？　と、疑問が次から次から湧いて首を傾げること数知れず。そんな時、唐突に思い付いたのです。そうだ、図解してみよう!!

読んだ中編の数々を丁寧に図解して行く中、私はたびたび目を見張りました。登場人物たちの心理がすべて三島の作った設計図の中にある！　しかも精密である筈のそれらを微妙にずらして歪みを生み出している！

驚きでした。三島由紀夫の書いた作品は、精緻な時計職人のように念入りであり、わざと
へまをしたプリズムのように不規則だった。そして、それらを駆使した言葉のつらなりは、不協和音ですら他者を魅了する天才演奏家の音楽のようでした。

やだ、何これ、誰この人、すごい！　ブッキッシュなガキであった私は、何かを発見した偉い人に変身した気分で有頂天になってしまいました。

その一連の中編の中でも、とりわけ夢中になってしまったのが「美徳のよろめき」でした。

裕福な人妻が知人の若く美しい男に惹かれて不倫関係に陥り、妊娠中絶をくり返して、やがて別れを決意する……。

簡単に要約すると、こんなにも身も蓋もないひどい物語に思えます。今の時代なら、冒頭に書いた「不倫叩き」にやっきになる人々の絶好の餌食になること必至です。

それなのに三島は、彼独自の手法で結晶化させた美徳を主人公節子に惜しみなく与え、彼女を、誰ひとり冒すことの出来ない神聖な存在へと押し上げたのです。

〈どんな邪悪な心も心にとどまる限りは、美徳の領域に属している〉

積み上げられたさまざまな美徳の城の女主人である節子。彫像のように、そこにただいて、相手の男について夢想する。そこに生まれる観念的な恋愛の中で、日々を倦む時、彼女の美徳は、自身の後ろ立てとして、最大の効果を発揮していたのです。

しかし、生身の、しかも、少しばかりずるくて、はねっかえりの男との現実の情事が進むにつれ、節子の肉体と精神は乖離して行きます。そして、どちらも、彼女だけにしか持てない特別な美徳の支配下から逃がれて行こうとする。かつて、何の矛盾もなかった、彼女を彼女たらしめていた内部の歯車が少しずつひずみを持ち始める。不協和音が鳴り始める。でも、彼女は、その音を調律しようとはしません。いえ、気付いた時には出来なくなっていたのです。

〈美徳はあれほど人を孤独にするのに、不道徳は人を同胞《きょうだい》のように仲良くさせる〉

節子が元来持つ優雅は、このあたりから彼女自身を裏切って行きます。けれども、恋の深淵に引き摺り込もうとする男との逢瀬のなんと甘美なことか。

初めての旅行で一夜を共にした翌朝、瀟洒なホテルの部屋のベッドでルームサービスの食事を取ります。

〈節子はシーツで身を包んでいた。トーストのようだね、と土屋が言いながらそれを剝《は》いだ。節子は拒まなかった。節子の毛も寝台の裾の朝日のなかで金いろになった〉

初めてこの文章にぶち当たった(ええ、まさにぶち当たったのです)中学生の私は、ほお……と溜息をついて、のぼせたようになってしまいました。なんて素敵な場面なのだろう……いい！　男と女って、いい！

今、読んでも、そう思います。ただ、あれから何十年も経ち、色々な読書体験を経て来た身としては、あの日の自分にこう言ってやりたい。馬鹿だね、その男と女は、三島由紀夫の作品に棲んでいるから、ああなんだよ、と。それこそ、図解出来るほどの心理描写のたまもの。緻密さの極致に到達した後に、潔く枝葉を落として、ほとんどただのシンプルさを獲得したかのように読み取れる描写。だからこそ、精神を上まわる肉体の魅力が浮き彫りになる。

次第に〈物語趣味の条件〉だった男の存在は、彼女を〈飢えた病人〉のようにして行きます。そして、とうとう、

〈節子がいて、苦痛がある。それだけで世界は充たされている〉

という状態に。果して、彼女が最後に守るものは何か……。

美しい恍惚と絶望のせめぎ合いの渦中にあって、よろめきながらも美徳を保持しようとするこの主人公の女を、もし石を投げて悔い改めさせようとする者がいたなら。そして、あの、はやりの無責任な「不倫叩き」で吊し上げようとする者がいたなら。彼らは、自分たちの前に、三島のあでやかな言葉によって織られたモラルが立ちはだかるのを知るべきでしょう。そうであればこそ、作家の記すスカーレット・レターの複雑な色合いは、時を経ても褪せずに、ますます深みを増して行くに違いありません。

（令和三年一月、作家）

この作品は昭和三十二年六月講談社より刊行された。

新潮文庫編

文豪ナビ　三島由紀夫

時代が後から追いかけた。そうか！　早すぎたんだ――現代の感性で文豪の作品に新たな光を当てる、驚きと発見に満ちた新シリーズ。

三島由紀夫著

盗　賊

死ぬべき理由もないのに、自分たちの結婚式当夜に心中した一組の男女――精緻微妙な心理のアラベスクが描き出された最初の長編。

三島由紀夫著

鏡子の家

名門の令嬢である鏡子の家に集まってくる四人の青年たちが描く生の軌跡を、朝鮮戦争直後の頽廃した時代相のなかに浮彫りにする。

三島由紀夫著

手長姫　英霊の声
―1938－1966―

一九三八年の初の小説から一九六六年の「英霊の声」まで、多彩な短篇が映しだす時代の翳、日本人の顔。新潮文庫初収録の九篇。

三島由紀夫著

仮面の告白

女を愛することのできない青年が、幼年時代からの自己の宿命を凝視しつつ述べる告白体小説。三島文学の出発点をなす代表的名作。

三島由紀夫著

花ざかりの森・憂国

十六歳の時の処女作「花ざかりの森」以来、巧みな手法と完成されたスタイルを駆使して、確固たる世界を築いてきた著者の自選短編集。

三島由紀夫著

愛の渇き

郊外の隔絶された屋敷に舅と同居する未亡人悦子。夜ごと舅の愛撫を受けながらも、園丁の若い男に惹かれる彼女が求める幸福とは？

三島由紀夫著

禁色

女を愛することの出来ない同性愛者の美青年を操ることによって、かつて自分を拒んだ女達に復讐を試みる老作家の悲惨な最期。

三島由紀夫著

潮（しおさい）騒

新潮社文学賞受賞

明るい太陽と磯の香りに満ちた小島を舞台に海神の恩寵あつい若くたくましい漁夫と、美しい乙女が奏でる清純で官能的な恋の牧歌。

三島由紀夫著

金閣寺

読売文学賞受賞

どもりの悩み、身も心も奪われた金閣の美しさ――昭和25年の金閣寺焼失に材をとり、放火犯である若い学僧の破滅に至る過程を抉る。

三島由紀夫著

午後の曳《えい》航《こう》

船乗り竜二の逞しい肉体と精神は登の憧れだった。だが母との愛が竜二を平凡な男に変えた。早熟な少年の眼で日常生活の醜悪を描く。

三島由紀夫著

宴《うたげ》のあと

政治と恋愛の葛藤を描いてプライバシー裁判でかずかずの論議を呼びながら、その芸術的価値を海外でのみ正しく評価されていた長編。

三島由紀夫著

永すぎた春

家柄の違いを乗り越えてようやく婚約にこぎつけた若い男女。一年以上に及ぶ永すぎた婚約期間中に起る二人の危機を洒脱な筆で描く。

三島由紀夫著

沈める滝

鉄や石ばかりを相手に成長した城所昇は、女にも即物的関心しかない。既成の愛を信じない人間に、人工の愛の創造を試みた長編小説。

三島由紀夫著

獣の戯れ

放心の微笑をたたえて妻と青年の情事を見つめる夫。死によって愛の共同体を作り上げるためにその夫を殺す青年——愛と死の相姦劇。

三島由紀夫著

美しい星

自分たちは他の天体から飛来した宇宙人であるという意識に目覚めた一家を中心に、核時代の人類滅亡の不安をみごとに捉えた異色作。

三島由紀夫著

近代能楽集

早くから謡曲に親しんできた著者が、古典文学の永遠の主題を、能楽の自由な空間と時間の中に〝近代能〟として作品化した名編8品。

三島由紀夫著

音楽

愛する男との性交渉にオルガスムス＝音楽をきくことのできぬ美貌の女性の過去を探る精神分析医——人間心理の奥底を突く長編小説。

三島由紀夫著 殉教

少年の性へのめざめと倒錯した肉体的嗜虐の世界を鮮やかに描いた表題作など9編を収める。著者の死の直前に編まれた自選短編集。

三島由紀夫著 葉隠入門

〝わたしのただ一冊の本〟として心酔した「葉隠」の濶達な武士道精神を現代に甦らせ、乱世に生きる〈現代の武士〉たちの心得を説く。

三島由紀夫著 鹿鳴館

明治19年の天長節に鹿鳴館で催された大夜会を舞台として、恋と政治の渦の中に乱舞する四人の男女の悲劇の運命を描く表題作等4編。

開高健著 日本三文オペラ

大阪旧陸軍工廠跡に放置された莫大な鉄材に目をつけた泥棒集団「アパッチ族」の勇猛果敢な大攻撃！　雄大なスケールで描く快作。

開高健著 輝ける闇

毎日出版文化賞受賞

ヴェトナムの戦いを肌で感じた著者が、戦争の絶望と醜さ、孤独・不安・焦燥・徒労・死といった生の異相を果敢に凝視した問題作。

開高健著 夏の闇

信ずべき自己を見失い、ひたすら快楽と絶望の淵にあえぐ現代人の出口なき日々——人間の《魂の地獄と救済》を描きだす純文学大作。

筒井康隆著
夢の木坂分岐点
谷崎潤一郎賞受賞

サラリーマンか作家か？　夢と虚構と現実を自在に流転し、一人の人間に与えられた、ありうべき幾つもの生を重層的に描いた話題作。

筒井康隆著
虚航船団

鼬族と文房具の戦闘による世界の終わり――。宇宙と歴史のすべてを呑み込んだ驚異の文学、鬼才が放つ、世紀末への戦慄のメッセージ。

筒井康隆著
パプリカ

ヒロインは他人の夢に侵入できる夢探偵パプリカ。究極の精神医療マシンの争奪戦は夢と現実の境界を壊し、世界は未体験ゾーンに！

柚木麻子著
本屋さんのダイアナ

私の名は、大穴《ダイアナ》。最悪な名前も金髪もはしばみ色の瞳も大嫌いだった。あの子に出会うまでは。最強のガール・ミーツ・ガール小説！

柚木麻子著
BUTTER

男の金と命を次々に狙い、逮捕された梶井真奈子。週刊誌記者の里佳は面会の度、彼女の言動に翻弄される。各紙絶賛の社会派長編！

永田和宏著
歌に私は泣くだらう
―妻・河野裕子 闘病の十年―
講談社エッセイ賞受賞

歌人永田和宏と河野裕子。限りある命と向き合い、生と死を見つめながら歌を詠んだ日々――深い絆で結ばれた夫婦の愛と苦悩の物語。

山田詠美著

ラビット病

ふわふわ柔らかいうさぎのように、いつもくっついているふたり。キュートなゆりちゃんといたいけなロバちゃんの熱き恋の行方は？

山田詠美著

放課後の音符《キイノート》

大人でも子供でもないもどかしい時間。まだ、恋の匂いにも揺れる17歳の日々――。放課後にはじまる、甘くせつない8編の恋愛物語。

山田詠美著

ぼくは勉強ができない

勉強よりも、もっと素敵で大切なことがあると思うんだ。退屈な大人になんてなりたくない。17歳の秀美くんが元気溌剌な高校生小説。

山田詠美著

ベッドタイムアイズ・指の戯れ・ジェシーの背骨

文藝賞受賞

視線が交り、愛が始まった。クラブ歌手キムと黒人兵スプーン。狂おしい愛のかたちを描くデビュー作など、著者初期の輝かしい三編。

山田詠美著

蝶々の纏足・風葬の教室

平林たい子賞受賞

私の心を支配する美しき親友への反逆。教室の中で生贄となっていく転校生の復讐。少女が女に変身してゆく多感な思春期を描く3編。

山田詠美著

アニマル・ロジック

泉鏡花賞受賞

黒い肌の美しき野獣、ヤスミン。人間動物園、マンハッタンに棲息中。信じるものは、五感のせつなさ……。物語の奔流、一千枚の愉悦。

山田詠美著

学問

高度成長期の海辺の街で、4人の子供が放つ生と性の輝き。かけがえのない時間をこの上なく官能的な言葉で紡ぐ、渾身の長編小説。

新潮文庫編

文豪ナビ川端康成

ノーベル賞なのにィこんなにエロティック?——現代の感性で文豪の作品に新たな光を当てた、驚きと発見が一杯のガイド。全7冊。

川端康成著

掌《てのひら》の小説

自伝的作品である「骨拾い」「日向」、「伊豆の踊子」の原形をなす「指環」等、著者の文学的資質に根ざした豊穣なる掌編小説122編。

川端康成著

山の音

62歳、老いらくの恋。だがその相手は、息子の嫁だった——。変わりゆく家族の姿を描き、戦後日本文学の最高峰と評された傑作長編。

川端康成著

古都

祇園祭の夜に出会った、自分そっくりの娘。あなたは、誰? 伝統ある街並みを背景に、日本人の魂に潜む原風景が流麗に描かれる。

谷崎潤一郎著

細雪（ささめゆき）

毎日出版文化賞受賞（上・中・下）

大阪・船場の旧家を舞台に、四人姉妹がそれぞれに織りなすドラマと、さまざまな人間模様を関西独特の風俗の中に香り高く描く名作。

谷崎潤一郎著

吉野《よしの》葛《くず》・盲目物語

大和の吉野を旅する男の言葉に、失われた古きものへの愛惜と、永遠の女性たる母への思慕を謳う「吉野葛」など、中期の代表作2編。

新潮文庫編

文豪ナビ 谷崎潤一郎

妖しい心を呼びさます、アブナい愛の魔術師——現代の感性で文豪作品に新たな光を当てた、驚きと発見がいっぱいの読書ガイド。

坂口安吾著

不連続殺人事件

探偵作家クラブ賞受賞

探偵小説を愛した安吾。著者初の本格探偵小説は日本ミステリ史に輝く不滅の名作となった。「読者への挑戦状」を網羅した決定版！

坂口安吾著

不良少年とキリスト

圧巻の追悼太宰治論「不良少年とキリスト」、織田作之助の喪われた才能を惜しむ「大阪の反逆」他、戦後の著者絶頂期の評論9編。

泉 鏡花 著

歌行燈・高野聖

淫心を抱いて近づく男を畜生に変えてしまう美女に出会った、高野の旅僧の幻想的な物語「高野聖」等、独特な旋律が奏でる鏡花の世界。

山本周五郎著

日本婦道記

厳しい武家の定めの中で、愛する人のために生き抜いた女性たちの清々しいまでの強靭さと、凛然たる美しさや哀しさが溢れる31編。

美《び》徳《とく》のよろめき

新潮文庫　み－3－9

昭和三十五年十一月五日発行
令和二年十月二十五日百一刷
令和三年十月一日新版発行
令和五年一月二十五日二刷

著者　三《み》島《しま》由《ゆ》紀《き》夫《お》

発行者　佐藤隆信

発行所　株式会社　新潮社

郵便番号　一六二―八七一一
東京都新宿区矢来町七一
電話　編集部（〇三）三二六六―五四四〇
　　　読者係（〇三）三二六六―五一一一
https://www.shinchosha.co.jp

価格はカバーに表示してあります。

印刷・錦明印刷株式会社　製本・株式会社植木製本所

ISBN978-4-10-105053-9 C0193